英倫書房

蔡明燁◎著

為當代國際英文文學開窗

　　井龜拘虛，夏蟲篤時，曲士束教。拜網路生活及科技享樂主義盛行之賜，現代人只要動幾根指頭，即可擺脫井龜、夏蟲及曲士的傳統宿命——縱遊光陰，橫歷各洲。國人也得以輕推島嶼的窗口，面迎窗外海洋觸及處，不一樣的世界，擴展更寬闊的生命視野，吸吮最新的國際文化養分，滿足心靈更深一層的渴望。

　　文學乃人類以文字於形而下境界中，建構的靈魂殿堂。文學評論則為這座龐富的殿堂，推開各種面向的窗，透過窗，我們不僅可以一窺殿堂內的彩幻世界，更可以進一步瞭解殿堂與其建造者及時空背景的金三角關係（文本、作者與情境）。駐足千禧端處，回顧六〇年代，美國的新批評、法國的結構主義及俄國的形式主義以「文本外無它物」的口號，在閱讀及評論的疆域內築起封建制度的高牆，使「作者」失去容顏，「情境」失去定位，更遑論三者彷彿血緣般關係的對話。然而西方文學史早已預言，文學評論宛若鐘擺，當擺至一端極點之刻，必然向另一端擺回。八〇年代初期起，「情境」麾下的文化研究、女性主義、後殖民主義及新歷史主義等人將，絕地反攻，一舉推倒文本封閉的宮牆，文學評論的生命張力便向四方熱鬧引爆。稱此書《英倫書房》是目前國內在新世紀引燃的西方文學評論煙火中，最高、最燦爛、最塊麗的一朵，實不為過。

　　明燁是我在英國俠盜羅賓漢故鄉——諾丁罕（Nottingham）求學期間，認識的台灣「死黨」中，公認具有現代俠女高雅情懷及「十八般武藝」精通的才女——作家、記者、影評家、文評家、藝評家、政論家、翻譯家、文化工作者……。與她交談時，很難不感受到她知識世界的豐盈與多元，以及在那張親和的面龐下，一股強烈難名對生命的熱忱，對藝文的執著及對人與社會的關懷。去年暑假，她與夫婿以訪問學者的身分相偕返台，在中山大學從事台灣總統大選後政治現象的專題研究。返英前，與我們幾個旅英「黨員」聚會中，提及今年她將陸續出版涵蓋不同領域的幾本書，《英倫書房》便是我最期待的一本。書中一系列文章中，大部分已散見於近年《中國時報》等國內各大報，有幸提早拜讀，如今將結集成書，不免令人以鼓掌跳躍的心情，引頸舉踵企盼。

　　平實而言，在資訊浪潮來去匆匆的人世間，肯為理想焚膏繼晷，潛心藝文世界，聆聽大師靈魂深處的鏗鏘聲，寫出有系統的著作已非易事，加上目前坊間出版的現代英美文學相關書籍，抑或在外文系學術體制內開設的相關課程，不諱言，在今日求新、求變的時代，並不很「現代」，談的不外乎是七〇或八〇年代前，國人早已熟悉的喬依斯、福克納或艾略特等大文豪，鮮有觸及八〇或九〇年代具有影響性的作品。《英倫書房》的問世正吻合台灣讀者這方面求新的需求。《書房》內盡是「匠心獨運」的文字語言，宛如作者思想與情感的斑斑印痕，於斯足見。

　　總觀全書，結構完整（輯一／文學獎及書市觀察、輯二／學術作

品評介、輯三／小說選粹、輯四／遊記、傳記與日記），題材新穎（評介九五年以降國際文學獎、書市與廣受喜愛的英文作品，如加德的《蘇菲的世界》與《紙牌的秘密》及魯西迪的《莫耳的最後嘆息》等），因作者具深厚的中英文學造詣，又累積了近十年旅歐的文化體驗，加上多年遊走東西方傳播與文藝界的實務經驗，能輕鬆地爬梳多樣論述，旁徵博引，精闢地品析個別文本，甩開詰屈聱牙「吊書袋」的理論語彙，用典雅清麗、簡潔洗鍊的文筆，深入淺出，平實可親地娓娓而談，感性與知性交融，見解獨到，深中肯綮，讓你我輕易掌握第一手最「當代」的國際英文文壇的訊息與動態。值得參詳捧讀。

賴俊雄

二〇〇一年元月　於台南成大

翱遊心靈的世界

代　序

　　我愛書，也愛讀書，沉醉在書鄉之中，使我有翱遊在心靈世界一般美好的感受，探索作者的思想領域，也更深入接觸自己最心底的秘密。因此我深信「開卷有益」的古老俗諺，確信無論是文藝作品，或者是一般理論、報導之類的文章，型態不同，但帶給我的新知、啓示，甚至娛樂等等，正面的影響卻是一樣的。

　　不過，欣賞文藝作品與閱讀一般實用書籍時的態度，應當有差異。理論文章，大致上都比較抽象、概念化，因爲作者在寫理論文章時，把一切表面和個別的現象，提升爲一種定律和一個道理；而文藝作品是用形象來描寫內容，用具體的事實，幫助讀者認識人生和社會，因此它給讀者的，不是抽象的概念，而是有血有淚的活生生的人物——那麼，既然作者提筆爲文時的態度本已不同，我們又怎能以不變的角度去面對這兩種不同的作品呢？

　　《未央歌》作者鹿橋先生曾說：「二十世紀的人是太忙了，沒有功夫去讀談思想的書，可是卻有空閒去讀一本五、六十萬字的小說，再從那裡去掏煉出那一句、半句帶點哲學味兒的話來，豈不更是大笑話嗎？」

　　文藝作品由於既具有形象，又具有種種生活場景的描寫，讀者自

然容易接受，也覺得比一般理論文章來得生動感人，這道理很淺顯；但是有些人卻以文藝作品的可親而捨棄實用與理論書籍，想利用閱讀實用書籍的態度，從文藝作品中求得實用書籍的效益，例如方法、步驟、程序、理論……等，這就真如鹿橋先生所言是個大笑話了！

　　《未央歌》之美，美在它不是一本哲學書籍，如果我們花下絕大精力去鑽研宴取中、大余、小童，或是伍寶笙、藺燕梅等人談話的「哲學」與「玄機」，無異是捨本逐末。我們再看法國的巴爾札克（Honore de Balzac），他之所以能成為十九世紀西歐最具有代表性的偉大作家之一，原因是他畢生的巨著《人間喜劇》（*La Comedie Humaine*），曾經深刻地描繪了十九世紀西歐社會栩栩如生的人物畫廊，令讀者真實的「感受」到那多姿多彩的人物百態。

　　又例如我國羅貫中的《三國演義》、曹雪芹的《紅樓夢》、俄國托爾斯泰（Leo Nikolaevich Tolstoy）的《戰爭與和平》（*War and Peace*），以及西班牙塞凡提（Miguel de Cervantes Saavedra）的《唐·吉訶德》（*Don Quixote*）……，這些作品，無一不是在描寫人物的性格、行動和社會的關係，可是如此具體的形象，卻具有不可思議的感染力量，當我們敞開了心扉去體會作品的精髓，在小說極端壓縮的時間內度過了幾十年，只有在我們意識恢復了正常時，才會知道自己受了騙，然後回頭凝視那小說中時間的巨流，一份難以言喻的情懷在心底細細的咀嚼、品味。恐怕那在邯鄲道中做了一夢的書生，大概也是這樣的吧？

　　一般而言，理論文章是理性的創作，文藝作品則為理性與感性的

融合，甚至全然感性的抒發，因此在讀書時，我喜歡摒除雜念，掏空心靈，與作者進行一次思想與精神的交流——以理智閱讀理論文章，則不同意者我在心底激烈辯論，於我心有戚戚焉者不禁令人拍案叫絕！以情感欣賞文藝作品，則一首優美的詩歌常會使我感到胸襟開闊、情懷高雅，一本描寫英雄人物的小說則會令人慷慨激昂、熱血沸騰。

《世說新語》有一則：「郝隆七月七日，出日中仰臥，人問其故，曰：『我晒書』。」梁實秋先生很羨慕他之能把書藏在肚裡，至少沒有晒書的麻煩，而我則羨慕郝隆腹笥之豐，好奇他曾翱翔於多少心靈的國度？有過怎樣的心得與收穫？只可惜《世說新語》未曾記載，也不知道郝先生是否出版過什麼專書留下，否則咱們尚友古人，向郝先生多方討教，應是件耐人尋味的事情！——這些奇思妙想本身，原也正是愛書人所能獨享的樂趣呵！

欣見隨著科技的進步，近年間書籍的出版與銷售型態已愈來愈趨多樣化，網路閱讀、上網購書、網站交流……等，無形中已逐漸打破地理空間的藩籬，使得各種遠在天邊的出版品，都能變得近在咫尺、唾手可得，因此這本集子裡所介紹的書籍，便不囿於國內早已出版過了翻譯本的舊作，而多為九五年以後，在英語文壇具有某種影響力的佳構，期能由第一手資料幫助讀者掌握住國際出版市場的最新動態。其次，也正由於媒體科技的蓬勃發展，使得資訊空間迅速擴大，於是為了凸顯影像媒體的娛樂功能、標榜大眾流行品味，許多讀書情報、書評節目……等，不知不覺中往往把「書」淪為配角，以做為聊助談

興的引子，因此本書的第二個構想，便是希望能在這一片熱鬧滾滾的書訊市場裡，找到一個恰當的平衡點，一方面回到以「書」為主體的本質上，把知識轉化為簡潔、容易吸收的文字，推介給一般大眾，另一方面對於無暇自己涉獵，只好仰賴別人整理好重點來替自己讀書的朋友，則至少提供一些值得參考的評論。

在打造「書香社會」的建設過程中，這本書如果能夠發揮一些小小貢獻的話，將是我無上的光榮；而在無數的心靈際會中，這些文字如果也能為他人帶來類似的神遊契機，更將是我無限的喜悅。

蔡明燁

謝　誌

　　這本集子能夠問世，要感謝的人實在太多了。就「公」的方面來說，首先當然要感謝生智文化事業公司的總編輯孟樊先生，以及于善祿先生，沒有他們的「獨具慧眼」，我根本連寫這篇謝誌的機會也沒有了！此外對於他們寶貴的建言，我總是萬分珍惜。

　　其次，書中所收錄的文章，絕大多數都是過去幾年來我在報端陸續發表的文字，包括《中國時報》開卷的「世界書房」版，《中央日報》副刊的「國際文壇快訊」專欄、「大千世界」版與「讀書」版，《民眾日報》，《自立早報》，還有芝加哥的《美中新聞》……等。我要謝謝這些版面的編輯們——有些與我已成為朋友，如淑惠、昭如、詠雪；有些與我是多年知交，如錦惠；另有些我至今仍不知其名，但他們的專業素養，同樣都是我非常尊重的，同時他們在百忙中所給予我的各種協助，也一向使我衷心感激。

　　至於「私」的方面，首先必須要謝謝我的另一半，因為他的博學多聞，使我受益良多，更因為他的體諒與支持，使我有充分的自由做自己愛做的事。

　　最後則要謝謝我摯愛的爸爸媽媽——謝謝他們無盡的呵護、關懷與信任。由於他們的栽培和教養，我才有幸出國深造，卻不料自從戴上博士帽子以後，這幾年出版的東西，泰半都是英文作品！所以我真

的很高興終於有機會累積出了這麼一本中文集子，讓爸媽能夠分享我的成長。但願他們喜歡這本書，這是我爲他們所準備的一份小小獻禮。

蔡明燁

於英國諾丁罕

目　錄

文學獎及書市觀察

既然本書所介紹的作品，並不都是國內讀者早已耳熟能詳的書籍，我想在把焦點放在個別的出版物之前，如果能夠點出英語文壇幾個整體性趨勢的話，應該會有助於讀者瞭解此地的出版環境與書市生態，從而對一個個看來陌生的作者和作品，產生進一步認識的興趣，乃至更深一層的體會。

　　這裡所蒐集的文章，主要討論的都是英國境內大型的文學獎項、其對文壇與讀者所產生的影響，以及幾個來勢洶洶的書潮。不過值得注意的是，英美兩地的文學市場往往難分難解，所以文中很自然地也會提及當代美國作家及作品，無法刻意避免。從一方面來說，這固然可以看做是基於語言和文化的關係，大西洋兩岸頻繁交流的明證，但從另一個更大的視角上來衡量，無形之中，或許也反映出了英語文壇一種整合性的現象。

悠遊西洋「古典」文學間

美國幽默作家馬克·吐溫（Mark Twain）曾這麼戲謔道：「所謂古典名著，就是指那些多數人讚賞，但只有少數人問津的書籍。」話雖如此，古典文學和現實生活間的密切關係，終是不容否認的事實。

西洋文學中，「古典」（classic）一辭原是指以希臘或羅馬文寫就的篇章，而所謂「古典文學」，則涵蓋了西元前六至四世紀的作品，如希臘詩人荷馬（Homer）所寫的《伊里亞德》（*Iliad*）與《奧德賽》（*Odyssey*），阿斯奇勒斯（Aeschylus）和沙孚克里斯（Sophocles）等人的悲劇，以及羅馬作家歐斐德（Ovid）的《變形》（*Metamorphosis*）等巨著。數百年來，這些史詩、小說、戲劇……等，一直被視爲歐洲最好的文學創作，而這種評價的成形乃至根深柢固，無疑的，與羅馬人長期統治歐洲的歷史息息相關。

早在羅馬帝國興起之前，希臘人已建立了高度文明。希臘人是西方世界第一個將知識分類的民族，發展出了戲劇的文學、詩和哲學，他們的亞歷山大大帝（Alexander the Great）在西元前四世紀征服了埃及，並在地中海岸的亞歷山卓（Alexandria）城裡設置了一座圖書館，開始大量蒐藏寶貴的典籍。

羅馬人在西元二世紀攻陷希臘，接收了亞歷山卓圖書館，從而對希臘文明驚豔不已！於是他們開始學習希臘文，並大量採用、發揮許

多原屬希臘的構想和題材，結果歷經一個世紀下來，所有受過教育的羅馬人都已精通希臘文，而受到羅馬帝國影響深遠的西方世界，則因此對古希臘、羅馬文化產生了恆久的景仰與崇拜。

　　自西元前五十四年起，不列顛便已被納入了羅馬帝國的版圖，直到西元五世紀末葉，羅馬人才離開不列顛，轉向歐陸與北方興起的部落作戰。然不列顛在經過羅馬帝國四百五十年的薰陶之後，並沒有因羅馬人的撤離而停止讚賞以拉丁文（即羅馬人使用的語言）寫成的作品。事實上，直到十七世紀末，所有學者都仍習慣以拉丁文撰述他們的思想和意見——最後一個說英文，但用拉丁文發表論文的偉大科學家，是發現地心引力的牛頓（Isaac Newton），他在一六八七年問世的《數學原理》（*Principia Mathematics*），是史上最後一份以拉丁文完成的重要文獻。

　　不列顛後來也變成了一個強大的帝國，統馭印度、大半非洲，一七七六年以前還包括美洲在內。當時英國公立學校的重要功能之一，便是要教育一批優秀的新血，以便到帝國各角落去執行領導與行政的工作，而「古典」的素養，便是公立學校教育的骨幹，因此雖然時移勢轉，英文漸漸取代拉丁文而成為新的國際語言，但人們對於古典文化那種肅然起敬的態度，終於使它變成了「最好」的代名詞。到今天，被尊為「古典」的作品，已不再專指古希臘羅馬時期的著作，而是泛指一切言之有物、被數代讀者與專家公認為時代試金石的大作，於是莎士比亞（Shakespeare）、渥滋華斯（Wordsworth）、狄更斯（Dickens）……等大師的創作，便常會在今人所開列的「古典文學」

書單中出現。

　　除了拓寬對古典文學的定義之外，現代人也發明了不少弔詭的新名詞，如所謂「現代古典文學」（Modern classic），便是其中一例。原來，「現代古典文學」所指的，是當代作家的作品，因爲覺得它們實在是太過傑出，將來定可萬古流芳，所以來不及等後人蓋棺論定，乾脆現在就把它們稱做是現代的古典文學吧！如美國女作家愛麗絲・渥克（Alice Walker）的《紫色姐妹花》（*The Color Purple*），便常被冠上此名。只不過每一代讀者的品味均不相同，這些被譽爲「現代古典」的今人佳篇，是否眞能歷經千古而被後人排進「古典」的行列裡，畢竟唯有時間才能加以證明了。

　　此外，即使非文學大師的作品，今天往往也有可能被冠以「古典」之名，譬如寫了《福爾摩斯全集》（*Sherlock Holmes*）的康能・朵耶爵士（Sir Conan Doyle），雖然嚴格說來，只能算得上是通俗小說作家，其作品的文學價值並不很高，對人性的刻劃也無特異之處，但是他卻能把故事營造得精采萬分，教世世代代的讀者百看不厭，因此也就獲得了偵探小說 "classic" 的美名，分享「古典」的榮耀。以此推論，武俠小說雖也屬於通俗小說的範疇，但若將金庸和古龍的作品列於「古典」之流，想來自亦不爲過吧？

　　書海浩瀚，自古希臘羅馬時代迄今，人類累積了豐富的文學遺產，而只要愛書人不死，這些遺產伴隨今日的新作，成果自將愈形豐沛！今夜就寢之際，何妨也點盞燈，翻閱案頭架上那本買了許久卻從未拆封的經典？或許您也將發現讀書樂趣無窮，從此悠遊其中。

英國小說家摘下美國文學獎

英國女作家潘妮洛波・費茲傑羅（Penelope Fitzgerald），在八十二歲高齡時，以《藍色花朵》（*The Blue Flower*）一書擊敗了其他三位重量級的美國小說家，摘下了九八年度「全美評論家小說獎」（National Book Critics Circle Fiction Prize）桂冠，寫下了第一位非美籍人士獲頒本獎的紀錄，從而成為英語文學圈裡的一大盛事。

《藍色花朵》書裡一共包含了五十五個簡短的章節，作家將時代背景設於十八世紀的浪漫主義時期，以強而有力的文字，敘述德國詩人哲學家納佛利斯（Novalis）與甜美的十二歲女孩蘇菲（Sophie）之間的戀情，書中所刻劃的眾多角色均栩栩如生，可以說是一部奇異而又美麗的作品。

在費茲傑羅之前，僅有出生於秘魯的馬利歐・維葛斯・羅沙（Mario Vargas Llosa）一人，曾以外國作者的身分獲得過「全」獎的殊榮，不過羅沙畢竟仍是美國籍，與生於英倫、長於英倫的費氏情況頗有不同，尤其這次和她一起入圍的作家，皆為全美赫赫有名之士，包括了曾被拿來和康拉德（Joseph Conrad）相提並論的查爾斯・費爾濟（Charles Frazier），以富有詩意的《冷山》（*Cold Mountain*）一書名列榜上；具有「戰後小說界最佳罪行闡釋者」之稱的菲利浦・羅斯（Philip Roth），也以感性的《美國牧歌》（*American Pastoral*）在決選

名單上雄據一席之地；而號稱爲「美國當今最偉大小說家之一」的
唐・狄利洛（Don DeLillo），則以涵蓋了過去五十年來有關美國境內
各大文化、社會、生活以及政治議題的長篇巨著《地底世界》
（*Underworld*），成爲四人當中呼聲最高的入圍者！於是，由此也就更
可見出，費茲傑羅這次竟然能夠在如此激烈的競爭下，打破該獎項
「肥水不落外人田」的傳統，她的封后是多麼得來不易，也多麼具有
歷史意義了。

　　「全美評論家小說獎」並不頒發任何獎金，但因爲獎項本身受到
英語文壇的極度推崇，對獲獎人來說，可以說便是對其文學成就的最
佳肯定，而他的作品也將能因聲名大噪，使得銷路節節上升。以費茲
傑羅爲例，她雖然曾在一九七九年時以《海岸》（*Offshore*）一書獲頒
英國當地的文學大獎，但她典雅細緻的寫作風格，在美國本土卻一直
未曾打開市場，因此一九九七年一年的時間裡，她的小說在美國書市
只不過賣出了三千本，可是自從她於九八年「全美評論家小說獎」中
嶄露頭角後，《藍色花朵》在短短時間內，便已印行到了第十版，以
十萬冊的數量風行暢銷新大陸——難怪針對不同訴求的文學獎項進行
全盤性的掌握與瞭解，如今已逐漸成爲出版商造勢鋪路時的研究重點
之一了！

　　費茲傑羅一直到將近六十歲時，才開始從事嚴謹文學的創作，但
在這二十多年的寫作生涯裡，她的歷史小說已於英國文壇上奠定了大
師級的地位，與西巴斯田・福克斯（Sebastian Faulks）以及芭特・巴
克（Pat Barker）等人齊名，而這次在「全」獎光環的推波助瀾之

下，更終於使她躋身國際文壇一流作家之列。費茲傑羅「大器晚成」
的經驗，毋寧值得全世界有心於文學創作，卻又遲遲不敢動筆的人們
珍惜借鏡。

書海生輝布克獎

　　英語文壇一年一度的盛會——素來有「大英國協諾貝爾文學獎」美名的「布克獎」（The Booker Prize），每年總要在萬眾矚目之下，在書海掀起一陣波瀾！自從一九六八年創辦以來，每年入秋之際，布克獎委員會便會選拔出當年度大英國協內最優秀的英語小說，加上一九九二年起，莫斯科也成立了「布克俄羅斯小說獎」（Booker Russian

每年布克獎得主揭曉總是英語文壇一大盛事！照片為九五年頒獎宴會後之記者會現場，左一為布克獎委員會秘書長馬丁・高夫（Martyn Goff）；正中則是得主芭特・巴克（Pat Barker），手持實至名歸的佳作《鬼之路》（The Ghost Road）；蔡明燁攝影。

Novel Prize），專門評鑑俄文小說，使得法國境內享譽已久的「龔固爾獎」（Prix Goncourt），近年來也常在法文報上被冠以「布克姐妹獎」的稱謂，以吸引讀者的注意，因此布克獎在西方文壇的影響力也就可見一斑了。

在倫敦成立三十多年來，布克獎備受英語系愛書人的重視，獎額因此不斷提高，由設獎之初的五千英鎊提升到一九七八年的一萬英鎊，到一九八四年的一萬五千英鎊，再到目前的二萬英鎊獎金（合約新台幣一百萬元）；但更重要的是，被列入決選名單的作者，一夜之間便能聲名大噪，其小說也立刻可望進入暢銷書排行榜，而最後的得獎人，無疑的，更將成為全世界英文小說創作圈裡最炙手可熱的人物！

整個布克獎的評審作業是個慢熱的過程，自八月底起每週發布一點點無關痛癢的消息，教人等得心急，但一到決定了入圍作品後，整個英國書市與出版界旋即沸沸湯湯，不僅平面媒體大肆報導，電子媒體也加入戰團製作各種分析、導讀、評論性的節目，使得在意此獎動態的讀者們，不知不覺中竟也紛紛被捲入了猜測與盼望的高潮。

打自一九九五年以來，我因工作的關係開始介入布克獎的採訪與報導，結果難以自拔地對布克獎產生了情有獨鍾的熱愛。和某些曲高和寡的文學獎項不同之處，在於布克獎的「雅俗共賞」，以及它的善於造勢，因此就跟電影界的「奧斯卡獎」（The Oscars）一樣，儘管時而招致類似「大拜拜」的譏評，但整體來說，在名家、名著、媒體、巨星的環繞之下，你終究忍不住要因為它的來臨而期待，甚至為你所

喜歡的入圍者而緊張！於是直到得主揭曉之前，整個不列顛文壇幾乎
興奮得要沸騰起來一般，那種熱烈的氣氛，使我忍不住感覺到，原來
除了獎落誰家本身令人關注之外，這大獎評選的好戲，其實也同樣不
容錯過，更何況每年入圍的小說，確實也都可圈可點呢！

　　以一九九六年度爲例，當年入圍決選的作家與作品爲：

1.瑪格麗特・亞特伍德（Margaret Atwood），作品《化名葛麗絲》
（*Alias Grace*）。

2.貝蘿・班布里區（Beryl Bainbridge），作品《人人爲己》（*Every
Man for Himself*）。

3.西姆思・狄恩（Seamus Deane），作品《在黑暗中閱讀》
（*Reading in the
Dark*）。

4.席娜・馬凱
（Shena Mackay），
作品《失火的樂園》
（*The Orchard on
Fire*）。

5.羅因頓・密司翠
（Ｒｏｈｉｎｔｏｎ
Mistry），作品《微
妙的平衡》（*A Fine

英國小說家貝蘿・班布里區（Ｂｅｒｙｌ
Bainbridge）；Duckworth出版社提供。

Balance）。

6.葛雷姆·史威夫特（Graham Swift），作品《最後的安排》
（*Last Orders*）。

上述名單中，英國本地作家班布里區成名已久，當時已有三部小
說入圍布克獎決選，可惜均功敗垂成，她的《人人為己》靈感主要來
自著名的「鐵達尼號」（Titanic）沈沒記，在虛構人物莫根（Morgan）
——船主的年輕姪兒——對沉船經過的追蹤探索之下，讀者漸漸發現
悲劇之所以發生，彷彿竟是古諺「人不為己，天誅地滅」最大的反
諷！

不列顛文評家們對於班布里區在「人」書中所展現的功力十分看
好，不過決選委員們似乎對
來自北愛爾蘭的狄恩更加偏
愛些，據委員會內部消息透
露，《在黑暗中閱讀》的入
圍是最無爭議性的一部，以
四○與五○年代期間被戰爭
陰影所籠罩的北愛城鎮德瑞
做背景，藉書中孩童對告戒
式神話的恐懼與矛盾，暴露
了一個扭曲、充滿了家庭秘
辛與法律、政治陰謀的眞實

愛爾蘭作家西姆思·狄恩（Seamus
Deane）；Caroline Forbes攝影，
Jonathan Cope出版社提供。

世界。

加拿大作家亞特伍德對布克獎來說也不算陌生，作品《貓的眼》（*Cat's Eye*）曾在一九八九年進入決選，而這回她以一部以古諷今進而預言未來的小說捲土重來，用一八四三年發生在加國著名的「化名葛麗絲」案件為經緯，深入探討潛意識與謀殺的真相。

加拿大小說家瑪格麗特·亞特伍德（Margaret Atwood）；Andrew Mc Naughton攝影，Bloomsbury出版社提供。

席娜·馬凱生於蘇格蘭，入圍小說《失火的樂園》時代背景為混合了喜悅、慶祝、外加有點惶惑與猜疑氣氛的女皇加冕年，表面上描述小茶屋夫婦八歲大的女兒，如何與小女孩露比（Ruby）及鄉紳格林布里區先生（Mr. Greenbridge）交好，在平靜的故事背後卻揭露了當代英國最具歷史性的一年裡，小鎮轉型中醜惡的一面。

印裔作家密司翠則將《微妙的平衡》設在七〇年代中期的印度，戒嚴令的下達，使得四個性格全然不合的角色聚在一起而變得不可分割，小說在對四人過往、所來自之處及對生活悲喜掙扎的追溯中，刻劃了豐富的人性，也深化了人際互動與人生酸甜苦辣的微妙平衡。

不過這些佳作到頭來都沒能掩蓋史威夫特的光芒，《最後的安排》

在每年冠蓋雲集的基爾德廳（Guildhall）榮獲大獎，成為九六年度英語文壇矚目的焦點。

史威夫特在《最》書之前曾出版過五部小說，其作品至今也已被翻譯成二十種不同的語言行世，八三年時並曾以佳篇《水中地》（*Waterland*）入圍布克獎決選名單，只可惜功敗垂成。他的《最後的安排》，彷彿是十四世紀英國詩人喬塞（G. Chaucer, c.1340-1400）筆下著名《坎特伯里傳奇》（*Canterbury Tales*）二十世紀末的再版，敘述來自勞工階級的四名倫敦客，為了履行好友傑克（Jack）留下的遺囑而結伴出遊，以便來到死者生前指定的一隅後，將其骨灰灑在海裡。

故事雖然只發生在一天之中，但隨著旅人的行程，這四位主角不

九六年布克獎得主葛雷姆・史威夫特（Graham Swift）及其作品《最後的安排》（*Last Orders*）；取材自The Independent，蔡明燁攝影。

斷和讀者輪流對話，也不斷引導讀者在倫敦各角落、不同的時空中，乃至於他們內心深處的世界裡來回穿梭，於是逐漸鮮活起來的，再也不囿於包括傑克在內這五位用勞力與血汗求生的男子形象，而是經過二次大戰洗禮，英倫一代中下階層平民於貧困中淘鍊出來的堅毅、樸實、對生活所抱持的幽默態度，以及從容看待生、死雋永的智慧。

史威夫特本人是劍橋大學英語文學系的優秀畢業生，寫作之餘熱愛垂釣，與不列顛另一位文壇巨匠撒門・魯西迪（Salman Rushdie）是多年知交，不過史威夫特的文筆和魯西迪詭譎雄健的風格截然迴異，這本《最》書更是作家在平易的描劃中呈顯深刻人性，在詼諧的對白裡反映真實人生的代表作品！小說的英文原名，一方面固然點出了整個旅程是遵循傑克最後的一個要求而來，但另一方面卻也指涉著這一群老朋友下工後總是泡在酒吧裡，直到點過了酒館兒打烊前的最後一輪酒後才肯離開的老習慣。對於廣大的英國平民而言，酒吧這種public house（簡稱pub），往往是他們最主要，甚至是唯一的社交和娛樂場所，因此書中許多情節都是發生在酒吧中，這些胸無城府的凡夫俗子們，友情在酒杯底滋長，愛情的煩惱也在啤酒的漩渦裡載浮載沉，而讀者在這幾位小人物的帶領下，展開了一場離奇、豐富、酸甜苦辣兼備的人生之旅，不知不覺間竟也有了醺醺之意……。

英國《週日獨立報》（*Independence on Sunday*）的文學編輯珍・達莉（Jan Dalley），盛讚本書是「倫敦老一輩勞工生涯的優美組合」，來自美國《紐約客》（*The New Yorker*）的文評家比爾・包福德（Bill Buford），更推崇本書為「幾近完美的作品」，換句話說，史氏的

得獎確然是實至名歸,而九七年的頒獎過程,其實也同樣精彩!當年是由印裔女作家阿蘭哈蒂・羅伊(Arundhati Roy)的《微物之神》(*The God of Small Things*)摘下桂冠。

九七年布克獎得主阿蘭哈蒂・羅伊(Arundhati Roy);Caroline Forbes攝影,Flamingo出版社提供。

《微》書是羅伊的處女作,初稿方剛完成時,立即被不列顛書市看好,從而引發一場出版社的競標大戰,最後由紅鶴出版社以一百萬英鎊(折合美金約一百六十萬元)的高價購下版權!而在印度本土,書中有關一名基督教女子和北印度教(Hindu)流浪漢做愛的情節,則因被冠上了淫穢的罪名,點燃了一樁頗受全球媒體矚目的訴訟案。

除了極具爭議性之外,《微》書最引人入勝的,莫過於激情的文字魅力,以及電影風格的時間跳接。故事的主人翁是兩位在南印度長大的雙胞胎——男孩叫羅希(Rahel),女孩叫愛莎(Estha)——透過這兩位七歲小朋友的敘述,羅伊以華麗的文字呈現了現代印度的人情、社會與文化,探討了家庭悲劇、階級矛盾,乃至虐待兒童的問題。然而,小說的核心題材固然是晦暗的,羅伊的鋪陳卻有其詼諧幽默,因此本書可說是一部成功的悲喜劇,正如評審團主席吉麗恩・畢

爾（Gillian Beer）所推崇的：

> 「本書展現了作者超凡的語言創造能力，而她故事的主旨不僅是地域性的，更是普及性的：是死亡與愛情，也是謊言與法律。我們都被這部感人的小說深深地打動了。」

與《微物之神》同時進入決選名單的，還有五部佳作，其中伯納得・馬克拉維提（Bernard MacLaverty）所著《優雅的音符》（*Grace Notes*），以及吉姆・克萊斯（Jim Crace）的《隔離》（*Quarantine*），在評審過程中，都曾對《微》書產生嚴重的威脅，評價非常高。

布克獎入圍作家伯納得・馬克拉維提（Bernard Mac Laverty）；Jonathan Cape出版社提供。

《優雅的音符》將故事背景設在北愛爾蘭首府，整部小說是女作曲家凱瑟琳・馬凱納（Catherine McKenna）感情和思想流動的紀錄，由她的成長歷程、失去所愛、再到新生命的誕生……等階段，讀者彷彿也陪她遍嚐了人生的悲歡離合。

克萊斯則是當年不列顛企圖改寫新約聖經四福音書（Gospels）的作家之一（另一位是Norman Mailer），《隔離》一書將地點設在聖地的沙漠中，故事環繞在五位立

意絕食的朝聖者身上，其中有一人來自加里利（Galilee），好像賦有一種療傷止痛的神力，他不僅徹底改變了所治癒的貪婪商人，更似乎改變了死亡本身的意義……。

　　其次不容忽略的還有《歐羅帕》（*Europa*），作者提姆・帕克斯（Tim Parks），故事描寫一群大學講師，由義大利一路坐巴士要到法國去向歐洲議會陳情抗議。敘事者是一位英籍教員，表面上他之所以長途跋涉固然是爲了支持抗議行動，但事實上他卻是因爲情婦決定做此遠行，這才拋妻棄女，全程追隨。

　　至於米克・傑克森（Mick Jackson）的《地底人》（*The Underground Man*），毋寧也是一部出色的初試啼聲之作。故事主角與十九世紀確曾存在過的波特蘭公爵五世融合爲一，這位公爵曾在其諾丁罕郡寓邸建築了一座環環相扣、神秘異常的地底隧道，而書中人物便在挖掘這條秘道的同時，掘入了自己的過往，尋覓使他憂慮不安的關鍵因素。

　　最後，瑪德琳・聖約翰（Madeleine St. John）的力作《事物的本質》（*The Essence of the Thing*），敘述的則是一個變了質

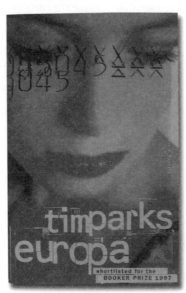

提姆・帕克斯的《歐羅帕》。

的愛情故事：女主人翁妮可拉（Nicola）與情人強納森（Jonathan）同居六年，有一天妮可拉出門去買香菸，回來後卻聽見強納森說，他們的感情已經結束了。不過更深一層來看，本書的重點不只在描寫妮可拉隨後如何自我調適，其實更意在探討兩性關係、現代生活以及生命的本質。

布克獎入圍作家瑪德琳，聖約翰（Madeleine St John）；Nigel Spalding攝影，Fourth Estate出版社提供。

　　值得一提的是，這幾年來英國境內的文學獎項如雨後春筍，同時在面臨邁向「新世紀」這個具有重大象徵意義的關口上，許多文學大獎的主辦單位盡皆憚精竭慮地尋找新的定位，布克獎亦不例外，例如九八年的頒獎轉播從英國廣播協會（簡稱BBC）改到第四頻道（C4），入圍小說及得獎作品均有從長篇變成中篇的趨勢，但這畢竟都只是形式上的些微調整，在未來幾年內，布克獎將要以怎樣的姿態進行世代交替，以繼續保持在小說界的崇高地位，仍然有待觀察。

〈附錄一〉

布克花絮

　　誰說只有台灣人民好賭？不列顛似乎也是個挺愛賭博的民族呢！

　　英國境內有成千上萬的Book Makers（俗稱Bookies），一年到頭接受各種合法賭局的登記，賽馬自然是其中最普遍的一種，但此外也有賭冬天裡會不會下雪、哪一天會飄下第一朵雪花、英格蘭足球隊會以幾分之差贏或輸給德國代表隊……等五花八門的賭賽，就連一年一度的大英國協布克小說獎，每年決選名單公布後，獎落誰家揭曉前，入圍的作家與作品，立刻便成了賭客們季節性的最愛，而各種報上的書評專欄既不避諱對此賭注加以析論，甚至在頒獎晚宴上，現場的記者也不忘在節目開始前，先把賭局的狀況做總結式的報導——或許我們可以說，決選委員是以他們的辯論及選票來表達「專家」對文學作品的評價，但大多數的沉默讀者，卻是用買書的行動與小小的賭注來表達對某些作者的支持吧？

〈附錄二〉

布克獎背景故事

　　小說家憶恩・富萊明（Ian Fleming）雖然一生中從未獲得過「布

克獎」的肯定，但是他與該文學獎不僅關係密切，他的作品也是布克企業最為珍視的寶藏之一。

由於富萊明筆下創造了有史以來名氣最響、也最受歡迎的情報員——007詹姆士·龐德（James Bond）——歷年來深受巨額稅金所苦，因此會計師建議他賣掉名下所屬「葛里洛斯」（Glidrose）出版社的某些股份，以便達到減稅的目的，但懾於富萊明的超高賦稅，葛里洛斯遲遲找不到合意的投資夥伴。

一九六三年時，布克企業的董事長裘克·坎培爾爵士（Sir Jock Campbell），基於朋友之義，決定以十萬英鎊購下葛里洛斯百分之五十一的股份，以解富萊明之厄。孰料作家在一九六四年撒手人寰，而其小說《金手指》（*Goldfinger*）與《霹靂彈》（*Thunderball*），卻於隔年挾電影空前賣座的巨大聲勢，一年內便傾銷了二千七百萬冊，翻譯成十八種不同的語言，造成葛里洛斯股份的身價暴漲！於是短短一年間，布克這個以「農漁業加工產品」起家的財團竟因「出版事業」淨賺了二十五萬英鎊，從而促使了坎培爾對小說創作開始產生高度的興趣及投資的信心，最後更依富萊明生前戲語，導致了布克獎的設立。

難怪今天的布克獎固然早已成為英語小說圈中最熱門的獎項之一，但富萊明與坎培爾「無心插柳」的這段往事，卻始終是布克企業最津津樂道而又鮮為大眾所知的話題哩！

《附錄三》

布克獎作者之暢銷小說排行榜

　　每年夏、秋之交，布克獎總是不列顛境內各大報「文學評論」專欄上最搶手的新聞！經過三十多個年頭之後，究竟這一切只是主辦單位造勢宣傳的效果？抑或真是布克獎本身的魅力所導致的呢？

　　爲了瞭解布克獎是否風采依舊，歷屆得獎作品是否真能像「奧斯卡」得獎電影招徠觀眾般地吸引廣大讀者，「維特可書市調查」（Whitaker Book Track）電腦中心在一九九六年時，曾經隨機選取了六百家英國書店，擇定當年七月中旬至八月中旬間的四個星期內，統計各書店由古及今、四海內外所有小說之銷售量而列出前五千名的暢銷書排行榜，據以判斷布克獎小說在當前書市的表現。

　　結果，根據維特可所發表的這份調查報告顯示，不僅過去十年來的布克得獎作品均能名列榜上，得獎作者的其他小說也都相當受到青睞。舉例來說，女作家芭特·巴克於九一年創作的《再生》（Regeneration）、九三年出版的《門裡的眼》（The Eye in the Door），以及九五年發表的《鬼之路》（The Ghost Road），合稱「一次大戰三部曲」（The First World War Trilogy），在《鬼》書獲獎之前，「三部曲」很遺憾地都受到了讀者的忽略，但自從巴克於九五年十一月榮登布克獎寶座以來，「三部曲」的銷路扶搖直上，已成爲當時書市的紅小說！（請參考下表）

維特可市調排名（1996年）	作者姓名	書名	得獎年
5	芭特·巴克（Pat Barker）	《鬼之路》（*The Ghost Road*）	1995
15	芭特·巴克	《再生》（*Regeneration*）	
26	芭特·巴克	《門裡的眼》（*The Eye in the Door*）	
38	撒門·魯西迪（Salman Rushdie）	《莫耳最後的嘆息》（*The Moor's Last Sigh*）	
157	潘尼洛波·萊夫里（Penelope Lively）	《迷失的狗和其他故事》（*The Lost Dog and Other Stories*）	
496	羅迪·朵耶（Roddy Doyle）	《派帝·克拉克　哈哈哈》（*Paddy Clarke Ha Ha Ha*）	1993
865	羅迪·朵耶	《貝里城三部曲》（*Barrytown Trilogy*）	
1181	班·奧克立（Ben Okri）	《饑荒之路》（*Famished Road*）	1991
1198	撒門·魯西迪	《午夜的小孩》（*Midnight's Children*）	1981
1233	石黑一雄（Kazuo Ishiguro）	《長日將盡》（*the Remains of the Day*）	1989
2020	麥可·安大吉（Michael Ondaatje）	《英倫情人》（*The English Patient*）	1992
2423	詹姆士·凱爾曼（James Kelman）	《為時已晚》（*How Late It Was, How Late*）	1994
2818	A. S. 拜亞特（A. S. Byatt）	《天使與昆蟲》（*Angels and Insects*）	
3331	A. S. 拜亞特	《所有權》（*Possession*）	1990
4207	彼得·卡瑞（Peter Carey）	《奧斯卡與露辛達》（*Oscar and Lucinda*）	1988
4381	潘尼洛波·萊夫里	《月老虎》（*Moon Tiger*）	1987

製表／蔡明燁

　　至於撒門‧魯西迪這位英國文壇的瑰寶，曾以《午夜的小孩》（*Midnight's Children*）一書獲八一年度布克獎，並於九三年該獎歡度廿五週年慶時，獲頒「布克中之布克獎」（Booker of Bookers）的殊榮，難怪《午》書雖是十多年前的舊作，在今天的書海中仍然閃閃發光！而他九五年入圍布克獎的力作《莫耳最後的嘆息》（*The Moor's Last Sigh*），在整個評審過程中，始終是當時得獎呼聲最高的一部，因此結果雖然不幸敗北，但在讀者心目中，顯然仍占有相當的份量。

　　此外，國內讀者頗為熟悉的，還有日裔作家石黑一雄（Kazuo Ishiguro）在八九年深得布克獎評審共鳴的《長日將盡》（*The Remains of the Day*），這本書在維特可的市調中也有著可觀的成績。

　　由此可見，布克獎的光環確仍火力四射，不僅是對得獎作品的推波助瀾，也是對小說作者能力的高度肯定，難怪每年布克獎熱潮消褪後，英語文學的暢銷小說排行榜上，便總要再添上輝煌的新紀錄。

惠特比文學獎

　　英國文壇上頗能和「布克獎」分庭抗禮的「惠特比文學獎」（The Whitbread Awards），一九九七年各獎得主名單如下：小說獎方面由吉姆・克萊斯的《與世隔絕》奪魁；首部小說獎由寶琳・梅爾薇麗（Pauline Melville）的《腹語者物語》（*The Ventriloquist's Tale*）封后；詩集獎由泰德・修斯（Ted Hughes）《來自奧維德的故事》（*Tales*

九七年惠特比小說獎得主吉姆・克萊斯（Jim Crace）；Tim Wainwright攝影，Viking出版社提供。

From Ovid）稱王；傳記獎則由葛蘭姆‧羅伯（Graham Robb）的《維克多‧雨果》（Victor Hugo）摘下桂冠。

　　整體而言，如果說「布克獎」是為「一般讀者」推薦一年一度的最佳小說，那麼「惠特比獎」則較有圈選「文評家」過去一年來最愛作品的趨勢，因此「惠特比獎」得主所獲頒的獎金雖然只有「布克獎」十分之一（各人僅得兩千英鎊，合約新台幣十一萬元），但「惠特比獎」的決選名單比起「布克獎」來，不僅通常在文林中較易獲得共鳴，得獎人也多將之視為極高的榮耀。

　　比照往例，這年的四部得獎佳篇，也是由四組全然獨立、各有專擅的評審團分別提名、篩選而出的。其中克萊斯的《與世隔絕》將故事背景設在聖地的沙漠中，情節則環繞著耶穌及絕食者們在曠野間四十天的際遇做發展，其具有韻律感的詩意風格，完美呈現出了沙漠的熱度與朝聖者們所受的煎熬；梅爾維麗的《腹》書則旨在處理文化整合的議題，試圖探討歐洲社會對非洲移民所產生的衝擊；修斯的得獎詩集正如題目所坦承的，主要是根據古羅馬詩人奧維德的作品翻譯而來，不過雖然名之曰「翻譯」，修斯其實是以現代語法大幅度改寫而成，因此評審團認為本書算得上是修斯的創作，而不單以翻譯視之；至於羅伯為雨果所做的傳，毋寧是傳記文學方面近年來少見的傑作，不但生動捕捉住了大文豪做為詩人、劇作家、小說家、哲學家、政治家的多重角色與複雜的私人生活，刻劃了雨果多彩的性格及豐富的人生，也保持了傳記家所需的客觀距離，從而得以對被傳對象做出深入的剖析。

　　「惠特比文學獎」的一個獨特之處是，在這四組得獎作品公布之後，它們同時又變成了競爭「年度代表作」（Book of the Year）殊榮的對手。評審團於一月底重行聚首，從這四部傑作裡挑選出王者之王，而九七年的「年度代表作」，則見詩集獎再次揚眉吐氣，獨得兩萬一千英鎊（合約新台幣一百一十五萬元）的獎額。

　　《來自奧維德的故事》其實也曾於九六年入圍「前進文學獎」（Forward Prize）的決選名單，但評審團因在認定本作品該屬於「翻譯著作」或「原創作品」的意見上趨於兩極，鬧得不歡而散，因此本書在受到「惠特比文學獎」的青睞之前，便已可謂聲名大噪。

　　事實上，從本書的全名——《來自奧維德的故事：脫胎於變形的二十四個段落》（*Tales From Ovid: Twenty-four Passages from the Metamorphoses*）中，多少即可看出休斯的新意，而在細加咀嚼《來》書之後，更可見出作者現代語法足以自立的精髓，因此無論算是「翻譯」或「原創」，《來》書本身的價值終究應是不容抹煞，正如傑出的鋼琴演奏者或可對作曲家本身的才華不遑多讓，或者演技精湛的演員之能與劇作家本人的創造力並駕齊驅一般，休斯在本書所表現出來的文學成就，確是同樣值得肯定。

　　奧維德在西元前四十三年，出生於奧古斯都（Augustus）統治下羅馬帝國的富裕之家，十八歲時出版了第一部詩集《愛》（*Amores*），以其驚人的文采詳述愛情的奇異與性愛的藝術，大受當時中產階級的歡迎。不過在步入中年之後，不知為了什麼緣故，他的作品卻因觸怒了奧古斯都而遭到被放逐的命運，並在六年之後命喪他鄉。

《變形》可以說是奧維德所創作的作品中，最成熟的篇章，他描寫住在奧林帕斯山（Olympus）上諸神的愛恨情仇，對古往今來的偉大作家諸如喬塞、馬婁（Marlowe）、莎士比亞等人而言，始終是豐富的靈感泉源。奧維德將遠古天神們的性格與際遇戲劇化、感情化、人性化，因此我們今天所熟悉有關維納斯（Venus）、大力士（Hercules）、米德斯（Midas）、朱諾（Juno）等神祇們環繞著謀殺、背叛、虛偽、畸戀、冒險、情慾……等主題的故事，便是奧維德筆下奧林帕斯山上諸神的世界。而在《變》書所關心題材的恆久性之外，一旦再加上了詩人作家充滿機智、感性，兼且華麗的文學體例時，我們也就不難想見奧維德之所以永垂不朽了！

休斯依據《變形》大幅度改寫翻譯而成的《來》書，並不像原著般具有韻律性，但卻極其生動，深刻呈現了奧維德文字風格的暴力美學、情緒張力，以及靈性的掙扎。休斯並且嘗試將《變形》現代化，指出羅馬帝國當時所面臨宗教信仰崩潰的危機，以及社會大眾對心醉神迷狂喜狀態的熱切嚮往，毋寧是一種企圖以對熱情的追求來彌補精神生活之貧乏的自欺心理，與今天的世紀末空虛及宗教商業化現象頗有異曲同工之妙，無形中自更增添了奧氏作品的時代意涵與魅力。

美國學者哈洛德・布倫姆（Harold Bloom）曾說：「出版商們認為偉大的文學作品一定要具有向大眾訴求的潛力，簡直是無理至極！我們怎麼可能要求像彌爾頓（Milton）或哥德（Geothe）這樣偉大的心靈與高深的智慧紆尊降貴，以便產生能夠吸引一切普羅大眾的號召力呢？」從《來》書今日在文學圈和書市上的雙重勝利看來，奧維德

與休斯似乎終已找到了布倫姆所以為不存在的微妙平衡點。

　　過去幾年來曾獲得「惠特比獎年度代表作」殊榮的巨著，包括諾貝爾得主西姆思·西尼（Seamus Heaney）的詩集《精神層次》（*The Spirit Leve*l，1996），凱特·阿特金森（Kate Atkinson）的首部小說《博物館幕後》（*Behind the Scenes at the Museum*，1995），以及威廉·崔佛（William Trevor）的小說《佛麗西亞之旅》（Felicia's Journey，1994）。

柑橘獎風暴

「柑橘小說獎」（The Orange Prize for Fiction）自一九九五年成立
以來，可以說一直是不列顛本土最具爭議性的文學獎項，不僅由於它
提供了三萬英鎊（合約新台幣一百五十萬元）的獎額，是英國國內各
類小說獎中截至目前爲止最高的獎金，同時也由於它明文規定僅只評
選女作家的作品，因此始終有著「性別歧視」的惡名。

每年「柑橘獎」決選名單一公布，幾乎立刻便會在文壇上引起巨
大的風暴，因爲這兩年來，正當英倫女小說家筆下的文學創作備受海
內外推崇之際，「柑橘」評審團卻有一再「打壓」本土作家的趨勢。
以九八年爲例，六位入圍者當中，只有一人是英國本土的作家，也就
是寶琳・梅爾薇麗，以其處女作《腹語者物語》獲得提名，其它另有
一位來自愛爾蘭（Deirdre Purcell），但來自北美的人數卻高達四名
（Carol Shields, Kirsten Bakis, Anne Patchett, Anita Shreve）。若再回頭
看九七年得主的背景，則我們將發現原來安・麥可絲（Anne Michaels）
也是來自加拿大！因此我們不禁要開始懷疑，究竟不列顛女小說家的
作品有著什麼弱點？爲什麼在自家舉辦的文學獎上這麼不吃香呢？

事實上，足以躋身於國際文壇的當代英國女作家可謂多不勝數，
包括芭特・巴克、潘妮洛波・費茲傑羅、貝蘿・班布里區、以及A. S.
拜亞特……等人在內。然不可諱言的是，儘管上述幾位大師級的作家

取材都相當廣泛，如巴克的「一次大戰三部曲」，呈現了戰爭對個人、社會與家國的影響，班布里區的新作《喬治主人》（*Master Georgie*），則是將背景設於從前英、蘇交兵之血腥戰場的歷史小說，可是綜觀起來，其他絕大部分的女作者們，卻泰半還是習於描寫格局較為狹隘的作品，創作的焦點總是集中在兩性關係、家庭生活，或者主要人物的內心世界裡，以九七年「柑橘獎」主席

海倫‧費爾登的《BJ的單身日記》。

的評語來概括，也就是「缺少了遼闊的視野及大而廣的觀照面」吧？

於是在這樣的觀察下，我們對於海倫‧費爾登（Helen Fielding）在《BJ的單身日記》（*Bridget Jones's Diary*）中的酸甜告白，以及喬安娜‧特洛波（Joanna Trollope）在《別人的小孩》（*Other People's Children*）裡所刻劃的家庭心事，雖然都能打動無數的讀者和書評專家，但卻和各大文學獎項全然絕緣一事，不禁便有了心有戚戚焉的了悟之感，同時也對以探討非洲移民在歐洲社會中所受衝擊為主旨的《腹》書之能獲得「柑橘獎」的垂青，產生了另一層新的理解。

只不過值得注意的是，所謂的「格局狹小」，可能是基於女性的生活層面、所扮演的社會角色，乃至於先天構造上的特質所致，也所

以如果這是一種「限制」的話，那麼它應該不僅是英國女作家，而是世界各地所有的女作者們必須注意突破的困境才對。而同樣值得深究的是，是否一定要由大的外在觸角入手，才能寫得出偉大的文學作品呢？這恐怕更是一個見仁見智的問題。珍·奧斯汀（Jane Austen）小說裡的人物，彷彿全都活在象牙塔內，可是卻絲毫無損於其在世人心目中的地位；瑪德琳·聖約翰所著的《事物的本質》，敘述的也只不過是

瑪德琳·聖約翰的《事物的本質》。

一個變了質的愛情故事，但卻不妨礙其文學價值，以及獲得九七年「布克獎」提名的殊榮。可見英國女作家的風格之所以受到「柑橘獎」的排斥，與其將之視為不列顛女小說家的共同弱點，或許不如說也是女性主義評審團一種主觀上的偏見吧？

後記

　　九八年的柑橘獎，最後由加拿大女小說家卡洛·席爾絲（Carol Shields）奪魁，得獎作品為《拉瑞的舞會》（*Larry's Party*）。

　　席爾絲筆下的後現代風格，一直是讀者與評論家所愛不釋手的因

素之一，她在九五年時曾以《金石記》（*The Stone Diaries*）一書，摘下當年轟動全美的「普立茲獎」（Pulitzer），成為國際文壇閃亮的巨星。席爾絲向來喜歡用平凡人物的平凡生活做為小說的主題，她說：「我很少在一般小說裡看見中規中矩的人物，為什麼呢？很多作家對普通人好像都沒有信心，但我相信人性。」

　　由於席爾絲的作品通常具有很深的自傳性色彩，她的小說也泰半都是以女人做主角，但對於這樣的概括，她卻往往不以為然，認為自己是以描寫「人」為職志，而不只是「女人」而已。於是當她在最新作品裡，毅然以一個名喚「拉瑞」的男人做主要角色時，不僅是作家以行動對自己所做的挑戰與證明，一般書評家也不得不肯定本書是其創作生涯中的一個重要轉捩點了。

　　《拉》書裡刻劃了一個花店主人如何變成迷宮專家的故事，每一個章節裡，都反映著拉瑞的迷宮設計，結果閱讀該書的過程本身，也很像是在鑽迷宮，讀者跟拉瑞都經常有點不知所從的感覺，拉瑞自己更常常在不知不覺間消失進迷宮裡去，很有一種暗喻性的色彩。席爾絲表示，她在撰寫本書時，意在探討身為二十世紀末的男人，究竟是怎麼一回事的問題，因此本書所反映的，也是一種現代女性眼中對男性的看法，是另一種後現代的趣味。

詩的豐年祭

　　文藝評論人布萊恩・阿波亞（Bryan Appleyard）曾經如此說道：
「不少人總以為『戲劇』是英國人最擅長的一件事，錯了！『詩』才
是英國人真正的拿手絕活，只不過英國人做戲做得特多，寫詩寫得較
少而已。」

　　當然，對於這樣的評價，或許不是人人贊同，然而英國人在詩方
面的造詣之高，恐怕由此卻已是可見一斑了！

　　從九八年初夏舉辦的「全國新詩獎」（National Poetry Competition）
參賽作品中看來，愛情、死亡、親情、戰爭以及歷史等題材，是目前
新一輩英國詩人靈感最豐沛的泉源，而以該年度多達九千首以上的參
選詩作裡，一般認為，不僅有一個可以稱做「新告白主義」（new
confessionalism）的寫作趨勢正在逐漸形成之中，同時正當某些詩人
持續以顛覆傳統為己任之際，似乎已有更多的作家，開始又對早已喪
失在後現代潮流的抒情韻文情有獨鍾起來。正如評審委員莫妮札・阿
爾維（Moniza Alvi）指出的：「現在的詩人寫作範圍愈來愈廣，對於
題材的選擇愈來愈有嘗試突破的勇氣，同時寫作風格也愈來愈個人
化，於是我發現，有些我本來以為極好的作品，在經過兩次三番的咀
嚼之後，即變得黯然失色，但是真正的傑作不僅教人愈讀愈有滋味，
並且能夠不斷打動我心深處，令人愛不釋手。」既對今年作品的整體

表現做出了有力的歸納，也突顯出了得獎詩作耐人尋味的特色。

　　擁有藝術學位、年屆三十七歲的尼爾・羅林森（Neil Rollinson），以陰鬱但具有儷人光芒的〈星群〉（*Constellations*），摘下九八年新詩獎桂冠，作品內容表面上彷彿是在敘述他父親的一件小小經歷，但事實上卻更是有關於我們究竟從何處來、往何處去的深遠冥想。

　　不過根據羅林森本人表示，〈星群〉其實差一點兒就錯失了參賽的機會，因為他是一個板球迷，而他認為他所寫一首與板球有關的詩作〈外野手〉（*Deep-Third-Man*），似乎是較有勝算把握的作品，因此他原只打算以本詩參賽，幸而最後念頭一轉，一共送選了四首作品，其中包括〈星〉詩在內，這才未與首獎失之交臂！不過以〈外野手〉而言，本詩事實上也進入了決選的前十名之中，可見羅林森寫詩的功力確已達到了一定的水準。

　　自承詩齡已有十年的羅林森，直到九六年間才獲得強納森・凱珀（Jonathan Cape）出版社的青睞，從而讓處女作《水星之溢》（*A Spillage of Mercury*）有了問世的機會。他的想像力主要都是受到在酒吧中、大街上、公車裡，或者火車內與朋友談話的啓發，陌生人們天南地北閒聊的話題，也往往能夠刺激他的創作動機。他心目中的偶像詩人並無特定的類型，從年輕時的泰德・修斯、布萊恩・巴頓（Brian Patten）、彼得・雷德果夫（Peter Redgrove），以及來自大西洋對岸的美國詩人查爾斯・西密克（Charles Simic）等，都是他用心師法的對象，不過在提到寫作模式時，他卻認為，雖然像艾略特（T. S.

Eliot）及史蒂文生（Wallace Stevens）等類的天才詩人，總能一面擁有全天候的「正當職業」，一面勤於寫作，甚至還能找出時間與精力自我充實、提升作品的素質，但許多其他的平凡作家，到底還是需要充分的自由才能進行深刻潛沉、反芻思索，譬如他自己便是屬於後者。

對於羅林森而言，創作永遠是個漫長的過程，同時他也總喜歡順其自然，當腦中一片空白時，與其逼迫自己按照固定的時間表工作，他反倒寧可離開書桌去看場球賽或到酒吧喝酒，直到新的靈思迸現為止！畢竟對他來說，寫詩本身應該有種單純的樂趣，而他最大的目標，也就是想要尋出如何將平凡的人事寫進詩裡，從而給予平凡的題材新的詮釋角度，使讀者能夠藉由詩人的筆觸，開始用新的眼光來觀察表面上看來彷彿再也平凡不過的生命世界。

羅林森得獎詩作所達到的，其實就是這樣的一種境界，而在這樣的優美意境裡，最值得慶賀的無非也是英國詩壇一年一度的豐年祭。

聖誕書市熱鬧滾滾

　　眾所周知，耶誕節是西方世界裡最重要的節慶，在大不列顛自也並不例外。每年打從十月底、十一月初交會，彷彿早早地、遠遠地便可以聽得到聖誕老人雪橇上的鈴噹聲，過節的氣氛一天天地堆高，直到整個國度被熱情燃燒得沸騰了起來，每張迎面而來或擦肩而過的笑臉，也都喜孜孜地在歡唱：聖誕節！聖誕節！……

　　便是在這樣的氛圍裡，寒冬變成了英國境內的出版熱季，誠如狄

聖誕書市；蔡明燁攝影。

倫（Dillons）連鎖書店宣傳部的莎拉・卞恩（Sara Payne）所言：
「耶誕期間每日平均書籍銷售量爲平時的五倍，加上季節本身強烈的
贈禮情緒，精裝書格外暢銷，因此業績更可高達平時的十倍之多。」
這個數據持續經年，而拜書冊「價位平實」與「不褪流行的禮品性格」
之賜，卞恩指出，在經濟不景氣期間，書的熱賣更是不減反增！難怪
英國耶誕書市的繁華，早已成爲節慶不容錯過的景象。

　　整體來說，各大出版社年復一年總是趁此時機擊出強棒，不僅暢
銷作者幾乎一致地都會有新作在這當口問世，電視名廚也都紛紛在這
個時節撰寫新的食譜，至於喜劇演員能夠博君一燦的應景小品、高收
視率電視系列的相關出版物等等，更是琳瑯滿目、教人眼花撩亂。

　　就九五、九六兩年的市場加以分析，可以肯定的是，大衆媒體對
趨勢書潮的形成有著日益加深、近乎決定性的影響。例如風靡全球的
影集《X檔案》（X Files），在九五年聖誕期間實驗性地推出一本專
輯，結果本書一躍而至銷售之冠，於是九六年聖誕節，《X檔案》一
口氣生產了十五本以上的專書在歐洲登陸，另加雜誌、日記等非書型
態的產品，自成冬季書市的特色。

　　此外，從九五年電影《理性與感性》（Sense and Sensibility）以及
電視劇《傲慢與偏見》（Pride and Prejudice）席捲大西洋兩岸票房以
來，隨著珍・奧斯汀旋風的狂飆，許多古典文人——男作家如查爾
士・狄更斯，女作家如喬治・艾略特（George Eliot）與三位白朗蒂
（The Brontës）姐妹——均再次受到著名導演和廣大讀者的熱愛，因
從此九六至九八年的耶誕節，各大書店古典專櫃的加倍擴充，已成爲

每年歲末的營銷主流！此一風潮印證了強納森·凱柏出版社公關主任蓋兒·林區（Gail Lynch）的觀察：「不少專家學者預測，電視的普及遲早會取代書本、降低讀書率，但在不列顛，精良的節目反而是刺激大眾欣賞原著、探索同一作家的其他創作，乃至廣泛且深入閱讀某一主題的重要動力。」

不過有趣的是，林區和卞恩同時認為，上檔中的電視連續劇即使再受歡迎，改寫成小說卻極少能夠暢銷，因為觀眾收看連續劇多為消遣心態，若有心看書，讀者泰半寧可選擇具有文學內涵的作品；若純為消遣目的而閱讀時，則除了脫胎於電視喜劇的幽默讀物之外，連續劇故事對多數讀者的吸引力，遠低於有關螢光幕後的花絮，或者一窺螢光幕前人物生涯的報導。

而或許便是基於對此心理的掌握吧？一窩蜂的名人傳記總在聖誕節前把書市妝點得五彩繽紛。近年來最受矚目的例子，包括前蘇聯總理戈巴契夫（Gorbachev）、與安德魯王子（Prince Andrew）離異不久卻醜聞不斷的前任王妃費姬（Fergie），以及英國家喻戶曉的賽車大王戴門·希爾（Damon Hill），這些趕搭耶誕列車出版的自傳，毫無意外的都有不錯的銷售成績；其他像數之不盡的精裝本小說、伴隨兒童電視節目上市的教育性或娛樂性的讀物，以及針對大眾各式各樣興趣而設計，關於音樂、足球、世界紀錄……等應有盡有的書籍，則更都是耶誕期間的搶手貨！總之，這波出書和買書的高潮，將會一直持續到聖誕節當天才戛然而止，至於聖誕節過後第一天的景況，恐怕卻很明顯的已是另一個故事，只得留待來日慢慢細說了。

〈附錄〉

英國聖誕書市小檔案

根據狄倫連鎖書店的營運狀況，英國聖誕書市約莫是從每年十月二十五日到十二月二十五日的兩個月期間。

這幾年的食譜銷售可謂長江後浪推前浪，年輕的洛德士（Gary Rhodes）終於打敗了史密斯（Delia Smith，其地位有如國內的傅培梅），以他充滿活力的形象與平易近人的做菜方法高居聖誕書單榜首。

九六年間最傑出的一匹黑馬則非梭博（Dava Sobel）所著的《尋找地球刻度的人》（*Longitude*）莫屬。本書平實記載了英國科學家哈里森（John Harrison）如何在海上測量經度的過程，跌破專家眼鏡地居然十分叫座，當年耶誕期間甫推出，各大書店立即售罄，樂得出版社加緊再版，甚至翻譯版權也非常搶手。

另外，兒童書市方面也有明顯的變革——亦即回歸傳統。出版界懾於電腦電玩等新科技之威，九五年聖誕節特別推出許多有味道的、會發出聲音的、甚至有動感的「新」書，但事實證明，真正吸引父母親及小朋友的畢竟還是讀物的內容，所以從九六年以後，英國耶誕節的童書市場上，便很少看到這些稀奇古怪的產品了。

東「風」西漸

在這個「地球村」（global village）翩然來臨的時代裡，我們早已目睹了新式科技如何縮短國與國的疆界，但是您可知道，神秘東方的許多古老學問，其實也正逐漸改變著西方文化呢！

累積了三千年歷史的中國風水學（英譯Feng Shui），近年來在歐洲已立下「新時代關懷哲學」的美譽，幾家不列顛境內的大企業——包括服裝界龍頭之一的「Ｍ＆Ｓ」、行動電話連鎖商「柑桔」

英國書店中探討東方哲學的書籍；蔡明燁攝影。

（Qrange），以及「維京‧雅特蘭大」（Virgin Atlantic）航空公司等
——不知曾幾何時，不約而同地一致採行風水之說布置賣場、設計辦
公室，頗收奇效，於是不知不覺間，這項來自東方的神秘傳統終於蔚
為風潮，出人意表地將本地市面上僅見、名不見經傳的三兩本相關作
品一舉推向九六年度暢銷書排行榜，促使各大出版商紛紛跟進，在九
七年時挾著農曆新年過後不久的熱鬧聲勢，一股腦兒推出各種有關風
水、易經、占卜的專著，而令"Feng Shui"一詞赫然在英倫大型書店
內自成一個類別，演變為今天不列顛出版市場的一大特色。

　　據「狄倫」連鎖書店的問卷調查顯示，這些「關懷哲學」的追隨
者們多屬經理階層，他們認為風水學說背後的基本精義，在於為員工
創造合宜、舒適的工作環境，因為有了快樂的部屬才能有高效率的工
作品質，換句話說，也才能大幅提升公司的利潤。

　　因此目前在當地問世的風水類著述，幾乎一致都以商界菁英為訴
求對象，對於「道行」稍淺的西洋「信徒」，便從人物、建築、四周
空間所形成的磁場、氣的流通，一直到講解錦鯉、魚缸、圓葉植物的
巧妙安排能如何致富的訣竅；對於「道行」較高的佼佼者們，則由天
時、地利、人和等原則，進一步分析到汽車乃為「兇虎」，會如何帶
來不祥之氣，怎樣安排商品與傢俱以創造和諧的環境，為什麼公用交
通工具應有幸運牌照，階級主管應多穿吉祥色調的衣著，乃至如何推
算各種黃道吉日的深奧道理……等。

　　當然，在「風水」似乎正慢慢形成英商的最新流行時尚之際，自
也有「食古不化」的財團對此不屑一顧，例如電器用品販售商「狄克

森」（Dixons）的總裁卡門（Stanley Kalms）吧：「風什麼？從來沒聽說過！」他說。「我們辦公室裡的確有不少盆栽，但我可沒注意它們的葉子是圓是尖；我相信『勤奮工作』的傳統美德才是經商之道，其他的時髦玩意兒，不過都是迷信與空談吧？」

　　在競爭激烈的不列顛商場上，像卡門這樣的「死硬派」究竟有多少，或許仍需周延的市場調查方能確認，然而可以肯定的是，當訓練有素的「地理師」在此間平均收費可達每日二千五百英鎊（合約台幣十二萬五千元），長期合約的索價可突破五萬英鎊大關（合約台幣二百五十萬元以上）的今天，惠而不費的風水書籍之所以能夠供不應求，實在意料之中！畢竟誰都難以否認，東「風」已然西漸。

年輕作家笑傲文壇

　　觀察不列顛小說界近來的出版趨勢，一個獨特而明顯的現象是——作家們的年紀可真是愈來愈小了！這股力捧後起之秀的風潮，及今似乎已有愈演愈烈的趨勢，例如教育出版社（Scholastic）在宣傳克里斯·伍丁（Chris Wooding）的作品《撞擊》（Crashing）時，便特別強調伍丁出生於一九七七年的事實，宣稱他「知道青少年的生活究竟是怎麼一回事」。《撞擊》一書裡所描寫的，其實便是一個原本歡樂的舞會，到最後如何變成可怕夢魘的故事，儘管書中全然不曾觸及毒品的問題，連對性的好奇與描寫也均如蜻蜓點水，未免難以教人信服這是一部探討「現代青少年」生活問題的小說，不過出版社顯然只對作者「方當年少」，以及在市場宣傳上能夠「打鐵趁熱」一事極感興味，至於他的才華是否禁得起時間嚴厲的考驗，便不是太過關心了。

　　而與伍丁類似的個案，簡直不

少女作家比蒂莎（Bidisha）與其處女作《海馬》（Seahorses）；取材自 Dillons書店目錄。

勝枚舉。以九七年爲例，最受矚目的新秀作家可以說首推比蒂莎（Bidisha）和珍‧克羅威爾（Jenn Crowell）。比蒂莎十六歲時便與紅鶴出版社（Flamingo）簽約撰寫處女小說《海馬》（*Seahorses*），拿走了一萬五千英鎊（合約新台幣七十五萬元）的預付款，旨在敘述一位愛上了中年男子的女學生之心路歷程；克羅威爾則在十七歲時與哈德出版社（Hodder Headline）簽約撰寫《必要的瘋狂》（*Necessary Madness*），內容敘述單親媽媽生活的酸甜苦辣。這兩本書所獲得的評價都相當不錯，銷售成績也頗爲可觀，只不過出版商同時卻也坦承，如果不是因爲他們以作者的荳蔻年華做爲促銷手段，這兩部佳作或許並不能在競爭激烈的出版市場上脫穎而出，引起偌大迴響。

　　針對此一現象，重量級文評家葛里兒（Germaine Greer）便曾憂心指出，許多新一輩的年輕作家，事實上是抱著非常嚴肅的態度從事寫作的，然而在這一波「年歲競賽」的瘋狂壓力下，出版社逼著他們硬是在準備就緒以前披掛上陣，並且利用強大的宣傳工具造勢，難怪其中不少作品都無法獲得專家好評，讀者也因事前期待過甚而大失所望，結果提前扼殺了作者的創作生命，令人惋惜。

　　王權出版社（Sceptre）的總編輯尼爾‧泰勒（Neil Taylor），與葛氏有著相同的共識，雖然他才剛出版了二十三歲作家麥特‧梭恩（Matt Thorne）的處女作《旅客》（*Tourist*），但他所採取的卻是長期培養梭恩的策略，亦即不以梭恩的年紀與俊秀的外表做爲訴求花招，同時也不以驚人的版權費做噱頭。泰勒表示，當出版社以超高預付款做爲新秀寫手的賭本時，新作家們面臨的便將是可怕的壓力，因爲如

果作品不暢銷，那麼作家的創作生涯往往也只有曇花一現了！而悲哀的是，在這樣的壓力之下，十之八九的作品其實都是失敗的作品，結果也導致出版界陷入了必須一再努力尋找「下一位天才」的惡性循環裡。因此泰勒相信，除了要具備有能夠視英雄的慧眼之外，細心呵護旗下每一位作者，才是出版社真正的成功之道。

如果往前回溯，我們將發現英國文學界其實原有年輕作家早年成名的優秀傳統：瑪麗·雪利（Mary Shelley）在寫出《科學怪人》（*Frankenstein*）這樣傳誦多時的科幻小說時，只有十九歲；近年來再度刮起全球性文學旋風的珍·奧斯汀，創作《理性與感性》這樣膾炙人口的篇章時，芳齡只有二十三；而愛蜜麗·白朗蒂（Emily Brontë）在以《咆哮山莊》（*Wuthering Heights*）奠定古典文學上的不朽地位時，也不過區區二十八歲。

出版事業在不列顛素來有所謂「紳士們的專業」之稱，只不過值此文化／娛樂／媒體事業界線愈來愈模糊的今天，葛里兒與尼爾·泰勒等人的堅持是否「真金不怕火煉」，或許仍有待時間的證明，而上述諸位笑傲文壇的新人，是否能向早年的前輩們看齊，在文壇長久占有一席之地；還是很快將由比他們更年輕的寫手所取代呢？則恐怕也不能只靠出版商的宣傳攻勢，更要憑各人的造化、才分與努力，以及讀者閱讀品味的轉變來決定了。

中國女性生命史書潮

張戎於九一年問世的《鴻》（*Wild Swans*）英文版，固然不是英國書市第一部以中國女性生命史為主題的著作，但本書之能在英語文壇獲獎無數，並於九六年突破銷售第兩百萬本的紀錄，卻是促使大西洋兩岸各大出版社開始集中火力網羅此類構想的主要動力，不僅其他同體材舊作的再版權突然成了出版市場的搶手貨，許多沒有出書經驗的中國女作家們，也因此紛紛產生了以英文寫自傳的靈感與信心。於是經過了長久的蘊釀，一波有關中國女性生命史的書潮，終於自九七年起赫然引爆！

加拿大移民後裔王珍（Jan Wong音譯），青少年時代受到毛主義的號召，毅然在一九七二年回到中國加入改革的隊伍，不過在她做為北大學生的十五個月期間，她發現自己的講義總是由學校特別打字處理，自己的伙食不但比同儕的好，寢室也有別的同學為她打掃清理，而她雖一邊口口聲聲要「透過勞動向廣大平民學習」，一邊卻也對自己所享的特權甘之如飴。

王珍第二次返歸中土是在七四年，這次她在大陸上待了六年，經歷了毛澤東逝世、四人幫入獄、鄧小平東山再起等歷史事件，而隨著年歲與思想的成熟，加上深入農村的勞動體驗，她發現了赤色神州真實醜惡的一面，最後乃導致了對毛主義的美好憧憬完全破滅。當她第

三次履足故土時，已是一九八八年，以加拿大記者的身分報導了「新」中國的經濟開放政策，同時卻也目睹了天安門鎮壓、官場間的貪污，以及社會上日益嚴重的問題，例如環境污染、娼妓與毒品的充斥……等，令她對中國的前景產生了極度的憂慮。王珍《神州怨》（*Red China Blues*）中所記載的，便是自己由年少時至今在大陸上的所見所聞、所思所感，字裡行間對自己、對中原神州，都有一針見血的批判。

　　來自「革命世家」的楊瑞（Rae Yang音譯），其新作《食蛛者》（*Spider Eaters*）所反映的主題與年代或者沒有《神》書這麼廣，但對於文化大革命本身，卻有著更加刻骨銘心的見證。楊瑞在書中坦承道，現在每想起文革開始的頭七個月，也就是一九六六年五月至十二月的這段期間，總帶給她難言的痛苦與恥辱，因為自從加入紅衛兵狂熱的行列之後，她確曾參與過各種血腥造反的活動，而今天，受害者們的面容與哭喊，都已成為楊瑞無法忘懷的夢魘。

　　與《食蛛者》取材相近，但恰反過來由受害者立場記錄文革始末的，則有鄭念（Nien Cheng音譯）的《上海生與死》（*Life and Death in*

王珍的《神州怨》；蔡明燁攝影。

《喜福會》、《鴻》及《夢娜在聖地》；蔡明燁攝影。

Shanghai）。本書其實早在一九八六年便已由葛拉夫頓（Grafton）出版社於英倫上市，且頗受專家好評，但卻是等到印行了《鴻》的紅鶴出版社，於九五年將《上》書重新鑄版發行後，才真的在廣大讀者間引起眾多共鳴。

嚴君玲（Adeline Yen Mah）的處女作《落葉歸根》（*Falling Leaves*）要算得上是這波熱潮中較為不同的一部，作者出生於天津富商之家，長於上海，神州變色後遷居香港，再轉往倫敦就讀醫學，《落》書中所側重描寫的，在於她如何受到繼母的排斥、怎樣渴望家人親情的心路歷程。

小說方面，譚恩美的《喜福會》（*The Joy Luck Club*）則是海內外

讀者耳熟能詳的篇章，敘述的是四對中國母女間感情與生命的承傳，
而拜本書潮之賜，《喜》書亦不斷再版中。不過九七年還有另一本以
小說形態探討中國女子在異域成長經驗的新書問世——《夢娜在聖地》
（*Mona in the Promised Land*），作者任姬雪（Gish Jen音譯）的筆法十
分幽默，以輕馭重，確是令人耳目一新之作。

遺君明珠

　　香港政權的易手，固是全球政壇與國際媒體矚目的焦點，英國各界人士對這個話題的高度關切，更是無與倫比！畢竟東方之珠是大英國協最後一塊殖民地，九七年七月一日當米字旗在香港總督府下降時，不僅爲英倫與香江一百五十多年密切的從屬關係劃下了歷史性的句點，「日不落帝國」的榮光更是從此灰飛煙滅，成爲古早以前久遠的篇章……。

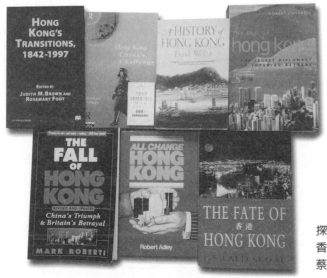

探討「東方明珠」
香港的各種書；
蔡明燁攝影。

於是隨著「七一」的浪潮，不列顛境內各大媒體九七年間幾乎清一色的是一片香港熱，出版界對於「九七大限」的敏感度，也刺激了無數學者、專家、政治人物、資深記者……等，由

《香港的跌落》（*The Fall of Hong Kong*）作者馬克·羅伯提（Mark Roberti）；John Wiley & Sons出版社提供。

各個切面扣緊香港議題紛紛在此刻撰寫新書。精采作品如傳記家提姆·希爾德（Tim Heald）的《擊鼓退卻》（*Beating Retreat: Hong Kong Under the Last Governor*），記錄的便是自從九二年以來，自己以第三者身分穿梭香港各處之所見、所聞、所思、所感；媒體工作者布里絲（Sally Blyth）和伍勒斯本（Ian Wotherspoon）合寫的《憶及香港》（*Hong Kong Remembers*），則企圖藉由前三任總督、香港政界人物、新聞業鉅子、前共黨游擊隊員、文化從業者……等不同角色之口，呈現香江自四〇年代迄今，政治、社會、經濟、文化等各層面的成長與變化。

　　不過整體來看，不列顛這一大批熱鬧滾滾的香港論述裡，大都反

映著英國子民對當地所感受到的一種道義責任。誠如馬克・羅伯提（Mark Roberti）於《香港的跌落》（*The Fall of Hong Kong: China's Triumph and Britain's Betrayal*）前言指出的，香港主權的轉移，並非只是將一小塊土地交還給中國大陸這麼簡單的問題而已，更是攸關島上六百萬港人世代前途的要緊事！因此羅伯提以嚴厲的眼光與流暢的筆觸，揭露了中英雙方自八四年起的各種幕後談判過程，書中對中共的霸道及香港富商的自私心態固然多所抨擊，但對保守黨政權沒有為香江民主發展而奮力爭取的軟弱作風，卻有更加痛切的責難。

資深政治記者強納森・丁伯比（Jonathan Dimbleby）採取的觀點與羅伯提亦十分近似，他在英倫政界吹皺了一池春水的作品《末代港督》（*The Last Governor: Chris Patten & the Handover of Hong Kong*），因將焦點集中於彭定康港督生涯的大起大落，對九二年後中、英、港一連串的外交斡旋及政治風暴乃有更為生動的描繪與精闢的分析，且對多位保守黨官員因一味擔心觸怒中共，不僅在職期間錯過了推動香港民主化的先機，連彭定康就任港督、戮力民主改革之際，也不惜處處為政改掣肘，致使港人政治權益受損一事，有著一針見血的犀利批判。

至於對上述複雜內幕難以全然領會的讀者而言，布朗（Judith M. Brown）與夫特（Rosemary Foot）聯手編纂的集冊《香港的變遷》（*Hong Kong's Transition 1842-1997*），實是不可多得的佳作。作者嘗試從各個面相來解讀九七，例如為何香港回歸的對象是中共，而非持有割讓原件的台北政府？為什麼中共耐心地等到九七以後接收香港，

英倫書房

而不提早以內在殖民或武力速戰速決？由東方之珠的百年航道，一直追溯到彭定康政改的歷史定位，本書的價值在於提供了豐富的背景思考。

最後，有關英國作者對香港主權轉移後的前景臆測，樂觀與悲觀的立論倒是頗趨兩極。但值得注意的是，無論看法悲觀或樂觀，對香江於不列顛治下一個半世紀來所展現出中國人的智慧和努力，加上英國人行政的效能與管理，把十九世紀的不毛之地造就成今日富裕、法治、自由的地區，英倫上下毋寧還是感到無限光榮與驕傲的——這或許算是該國境內香港書潮最大的共識吧！

不列顛的「台灣學」研究

正如駐英台北代表處工作人員所曾坦承的，代表處到目前為止，每天仍然要接到幾通英國民眾詢問泰國事務的電話，因為他們犯了以為「台灣」（Taiwan）便是「泰國」（Thailand）的錯誤。這樣的笑話近來固然已在逐漸遞減中，但在過去幾十年的歲月裡，實是層出不窮，由此或也可見出不列顛大眾對於寶島有多麼陌生了！

一九四九年當國民黨在內戰失利遷台後，不列顛便屬各國中首先與台灣斷交、承認中共的行列之一。雖然當時在承認中共的國家裡，英國是唯一在台仍設有領事館的國度，但一九五四年英國與中共互換代辦，一九七二年英、「中」雙方簽訂「大使級關係協定」，同年三月英國便即宣布撤除在台灣的淡水領事館，於是打從一九七二年以來，很長的一段時間，不列顛與台灣的來往始終非常冷淡，而缺乏正式的外交關係，也便成為英國學者忽略台灣研究的主因之一。

然而「台灣學」在不列顛的沒沒無聞，似乎除了鑽研經濟的教授們對於台灣奇蹟或曾稍加青睞之外，其他各種領域的專人，尤其是政治學者們，對於台灣的改革一直採取不聞不問的態度，則不僅是美麗寶島的遺憾，又何嘗不是英國學術界的損失？正如美國羅德學院約翰·考柏教授語重心長的見解：「台灣的經濟奇蹟固然令世人豔羨，其快速、和平、又穩健的政治改革與民主發展，更可稱為一種『政治

英倫書房

奇蹟』！偏偏致力於台灣問題的西方學者們，多只見到寶島經濟繁榮的一面，忽略、甚至漠視了台灣政治現代化的過程，殊爲憾事。事實上，當今世上只有少數幾個政治發展實體能夠超出西方民主或者共產主義的範疇，而台灣是其中最難得的案例之一！新加坡與南韓雖然也都由於其政府有效率的計畫而品嘗了經濟起飛的甜美果實，從而促使政治及社會的急遽變動，但台灣毋寧是所有開發中國家裡，政、社、經變革最成功的良好模式。換句話說，台灣的政治發展不但提供了學者對『民主化過程』深入且具體的觀察，也爲其他轉型中國家提供了最佳的借鏡。」

當然，不容否認的是，不列顛的政治學家們並非對台灣全然無知，尤其當該國境內的中國專家與香港專家均在全球學術界扮演位尊望重的角色時，他們對台灣的瞭解往往也便由此延伸而來。只是，當台灣的現代化過程以及兩岸關係在國際上益發突顯其重要性之際，將「台灣學」當成中國與香江問題的附帶議題，自然有其不足之處！而「台灣學」這門在當今民主化研究場域裡日漸熱門的學問，之所以會在不列顛長期地受到埋沒，則除了外交上的理由之外，另有許多複雜的成因，或可說是傳統英國現代化專家們在治學上的幾個盲點。

首先，由於台灣的政治轉型乃爲漸進的過程，因此缺少明顯的突變證據。舉例來說吧，台灣近年來雖有修憲的動作與爭議，但和許多開發中國家比較起來，其憲法的修改程度相當有限，同時整個政府的架構上，解嚴前後亦無太大的不同，甚至其建國、治國的理念也沒有什麼顯著的變化。

　　更深入一點說，因為中華民國政府至今並未找到一套特別而可行的政治哲學以維持其政社經的演化，因此繼續延用著模糊但具有彈性的三民主義及孔孟思想，這固然象徵了台灣政治的成熟度，可是卻無法吸引廣泛的興趣；相對的，中國大陸的毛主義雖然不夠精緻也不夠現代化，但無論在文革時期或九〇年代期間，都燃燒了無數學者研究的熱情。這顯然是一種吊詭的現象，因為台灣政治對意識型態的缺少關注，事實上不僅不是政治民主化過程中的不足，反倒是其政治轉型成功的反映！因此這也是英國學者在看待台灣議題時第一個必須破除的誤解。

　　其次，多數英國政治學家重視大陸而輕忽台灣，是因為大陸面積廣大，政治及社會性格非常獨特且鮮明，同時國力強盛，在國際上具有呼風喚雨的地位所致；相對的，台灣不僅幅員狹小，西化（尤其是美化）頗深，因此當她宣稱代表全中國唯一的主權時，一切只顯得格外無足輕重。這樣的觀念，自從一九七一年中共取代台灣加入了聯合國，以及一九七九年美國宣布與台灣斷交、承認北京政權之後，在西方學術圈內更是非常流行，導致了不列顛學界大幅減低研究台灣的動機。

　　此外，台灣本土僅有少數足以將經濟成長與社會變遷的研究資料加以結合，然後發表成英語文獻的社會學家，以及能夠把社會變遷轉化成新的政治興趣和需求、乃至政治發展之必然結果，再將之向西方世界推介的學者，也是使西方國家，特別是英國學者，缺少管道去瞭解台灣社會與政情演變的相關因素。

　　第三，許多自由派學者將台灣視爲一個未被正式承認的、右傾的、親美的、一黨獨大的軍事威權體制。這樣的印象，自然往往是出於對台灣的懵昧不解，但對某些學者而言，則可能是出於一種以偏蓋全的歧見。許多不列顛政治專家至今依然認爲台灣政府並無促進政改的誠意，且成功避免了深層的民主化！爲什麼他們會產生這樣的誤會，實在是個令人難以索解的問題，但不容否認的是，這種偏見及誤解不但普遍存在著，同時它們也成爲阻止該國學者熱衷於「台灣學」的心理障礙。

　　第四，一般西方學者們固然注意到了台灣成功的經濟發展，但因爲舊有的研究證據指出，開發中國家的經濟成長往往是在犧牲民土政治爲前提的情況下發生，因此他們竟完全忽略了台灣的政治現代化。更有論者以爲，英國學者之所以漠視台灣的政治進程，其實是出於對寶島經濟條件之優越感到嫉妒所致！如果此一論點屬實，當然是憾事一樁，不過無論如何，台灣經改的成績掩蓋了政改的光芒，畢竟是「台灣學」在英國起步極晚的原因之一。

　　第五，對於二次世界大戰之後，遠東地區經改及政改成功的模式，許多西方學者首推日本，因此台灣夾在中國與日本兩大強國之間，也造成了「台灣學」的受到忽視。殊不知台灣與日本實有許多相同及相異之點，兩者並不能互相取代，在日本研究方興未艾之際，台灣研究將能爲民主學提供更廣泛且全面性的剖析視角。

　　所幸，自從一九八七年解嚴以來，英國學術圈對台灣的興趣總算日益加強，研究焦點也慢慢地擴及於政治面，並隨著國大全面改選、

立委全面改選、省長直選、總統直選等一次比一次更精彩的選戰登場，愈來愈多的不列顛學界精英開始在學術性刊物上發表有關台灣選情的觀察。此外，第一次總統大選期間，中共對於台海安全的武力威脅，使得寶島在一九九六年初長達一個多月的時間，成爲英國各大媒體爭相報導的焦點，再加上一九九七年間的香江回歸，促使該國媒體對台灣問題再次發生史無前例的關懷，終於刺激了一般英國民眾對台灣的注意，連帶地使以台灣政治發展做爲個案研究的學術專書，在英倫書市逐漸地打開了市場，及至推動了一股新的「台灣學」浪潮。

在這一波點滴問世的台灣論述裡，首先不得不提的，當屬英國廣播協會全球服務網（BBC World Service）駐亞洲記者賽門‧龍於一九九一年出版的《台灣：中國的最後邊界》一書。作者以簡潔流暢的筆觸對台灣問題做出清楚的勾勒，可以說是「台灣學」入手時必讀的佳作，至於書中提出台灣全體民眾應有決定其政治前途的權力，但從現實的角度來看，寶島居民很可能沒有實現此一權力的機會，作者認爲實乃今日國際社會上的一個悲劇，則成爲打動了無數讀者的有力結語。

兩年之後，來自劍橋的香港學者曾銳編輯了一本由歷史、憲法、政黨等多重切面探討台灣政情的著作——《在中共的投影下：一九四九年以來的台灣政治發展》（*In the Shadow of China: Political Developments in Taiwan Since 1949*），於英國學術圈中喚醒了相當的重視。到了一九九五年時，澳洲學者克林特渥斯（Gary Klintworth）在英倫所推出的新作——《新台灣，新中國：台灣在亞太地區變遷中的

角色》（*New Taiwan, New China: Taiwan's Changing Role in the Asia-Pacific Region*），試圖從政策、歷史、文化、地理、經濟、政治與外交等面相，解讀台海兩岸關係的互動，以及一九九六年時，彼得‧費狄南教授所編寫的籍冊──《台灣起飛？》，以深入淺出的文字分析了台灣的政經現況並預測未來，也都各有獨到的見解。至於九七年六月出爐的作品──《台灣與中國國家主義》（*Taiwan and Chinese Nationalism*），作者克利斯多夫‧修斯（Christopher Hughes），嘗試從中國國家主義者如何面對台灣存在的問題，探討台灣的政治改革如何在後國家主義時代中，於國際社會間求得生存，毋寧更是極富參考價值的研究議題。

曾銳的《在中共的投影下》；蔡明燁攝影。

而在上述幾部具有標竿地位的專著之間，自有更多精闢的學術論文在各種重要期刊及會議場合裡，為英倫的「台灣學」發展做出有力的見證。法蘭斯‧孟耕（Francoise Mengin）一九九五年在列斯特大學（University of Leicester）外交研究系列（Diplomatic Studies Programme）中所出的小冊──《台灣的非官方外交》（*Taiwan's Non-official Diplomacy*），對台灣的外交處境

有著客觀的定評；享譽國際的《中國季刊》於一九九六年底策畫了《當代台灣特輯》，對今日寶島所面臨技術上的全球化與本土化、兩岸關係、文化認同、美國政策……等種種課題，均在名家的手筆之下，做出了深入的剖析；而諾丁罕大學（University of Nottingham）的政治學者任格雷（Gary Rawnsley），一九九七年於《哈佛國際新聞／政治季刊》（*Harvard International Journals of Press/Politics*），以及全美最具權威性的政治年會PSA（Political Studies Association）上同時發表的論文──〈評估一九九六年台灣總統大選的競選策略〉（*An Assessment of the 1996 Presidential Election Campaign in Taiwan*），由四組總統候選人的選戰設計裡，歸納出台灣選舉從過去、現在到未來所面對的諸般挑戰，則也是另一個難能可貴的題裁，觸發了選舉研究專家們無數新的靈感。

若把各類學術書籍裡涉及台灣問題的出版物，也看成不列顛「台灣學」的分支之一，那麼無論在質與量上，自然也就更加可觀了！例如約翰・辛格雷（John Sinclair）等人於一九九六年編纂的《全球電視的新模式》（*New Patterns in Global Television*）書中，特別撥出一個專章追蹤所謂「大中國」的媒體市場，提供了有關大陸、台灣及香港電視環境彌足珍貴的資料；阿諾出版社（Arnold）在一九九七年推出的《全球背景的媒體》（*Media in Global Context*），編輯群以水伯尼－默罕姆帝（Sreberny-Mohammadi）為首，同樣也有專門的章節將焦點放在台灣的廣播政策及當前的媒體改革。

不過在這一個類別的作品裡，劍橋大學出版社（Cambridge

University Press）於
一九九七年印行，由
戈帝・渥夫斯菲德
（Gadi Wolfsfeld）撰
寫的《媒體與政治衝
突 》（ *Media and
Political Conflict*），
則可說也是其中值得
一讀的好書。作者的
主要企圖是要突顯當

《全球背景的媒體》與《全球電視的新模式》；蔡明燁攝影。

國際政治發生衝突時，各大國際媒體如何選擇報導觀點，又如何在此
一選擇的過程中變成（或避免）參與衝突事件的一角。渥夫斯菲德在
佐證其論點時，固然主要使用了中東地區發生過的重大事件，但個中
許多研究心得卻在在與台灣經驗產生了密切的關聯，例如國際媒體對
台灣向來缺少關注，而九六年的總統大選原是寶島可以趁此向外正面
宣揚其政治發展的良機，偏偏遇上了中共的飛彈威脅，結果各大國際
媒體在處理此一新聞時，便將重點放在台海安全，將整個事件渲染成
一觸即發的海峽戰事，忽略了對寶島而言具有歷史性地位的選舉本
身！雖然論者也可謂台灣終究達到了對外宣傳的目的，但當國際媒體
上有關台灣的報導是隨著中共的動作而起舞，對於選舉的意義及結果
反倒輕描淡寫時，這種宣傳的效果畢竟是間接且缺少深度的；換句話
說，當台灣在國際傳媒上的新聞價值是受到中共強權的高度牽制時，

對寶島而言自是相當不利。本書從理論及實用的角度刻劃了國際媒體的政治屬性，幫助讀者瞭解媒體與國際事件的互動關係，更進一步地提供有心人對如何打破既有邏輯，以便有效運用國際傳媒的思考，確是不可多得的力作。

　　最後，在不列顛「台灣學」方剛起步的此刻，值得注意的是，該國在此領域的學人雖然數目不眾，品質卻佳，這與當地嚴格要求的政治學水準及行之有年的中國學研究或有相當程度的關聯，例如稍早所曾提及的青年學者任格雷，在投注於「台灣學」的短短期間，除已發表過多篇有關台灣選戰的論文之外，二〇〇〇年五月間也出版了一部探討台灣外交政策的專著——《台灣的非官方外交與政治宣傳》（*Taiwan's Informal Diplomacy and Propaganda*），刻正受到英倫出版界與學術圈的密切注意！因此，在上述各位優秀學者集中火力的打拚之下，想來「台灣學」很快便能在英國創造出一片寬廣的天地了。

不列顛的台灣學研究；蔡明燁攝影。

「壞書」──該禁不該禁？

　　在英國歷史悠久且工作評價極高的受虐兒童保護組織NSPCC，九七年間曾採取了一個史無前例的動作，也就是極力說服該國境內各大書店拒售一本由大西洋對岸跨海而來的新書──《愛麗絲的末日》（*The End of Alice*），從而引發了一場有關禁書問題的激烈論戰。

　　《愛》書的作者何默思（A. M. Homes）本人年輕貌美，對於商業取向日益突顯的英美出版界本已頗具賣點，加上本書的取材十分大膽，試圖由一位謀殺了十二歲少女愛麗絲罪犯的心理分析，描寫戀童症患者對於性、兒童、暴力等禁忌的詮釋，於是全書由罪犯的視角為出發點，他的世界裡無論是男女老少，幾乎沒有一個人是無辜純潔的，彷彿所有的個體，包括受害的兒童在內，全都受到了性的強烈壓抑。

　　因此不難想見的是，對保護兒童不遺餘力的NSPCC來說，本書「合理化」了戀童症患者侵犯兒童的罪行，令他們深怕如此誤解一旦獲得某些人士的認同，極可能將會造成更多天真善良的小朋友們遭受傷害的惡果！而在NSPCC的努力之下，不列顛連鎖書商史密斯（W. H. Smith）已決定全面封殺《愛》書的出售，至於另一家賣書業的鉅子狄倫書店，雖然基於資訊自由的原則，仍會在各地分店中陳列本書，但也同意採取低調處理的態度，避免任何促銷宣傳的行動。

　　然弔詭的是，NSPCC的禁書計畫本身，實在便是《愛》書最大的促銷助力！就好像引起查禁風波的電影，總反而會吸引大批的觀賞人潮一般，NSPCC的立意雖善，但其禁書的呼聲卻反其道而行地成為出版商為《愛》書造勢時最大的墊腳石，這恐怕是NSPCC主其事者最不樂見的錯愕發展吧？

　　事實上，何默思的《愛》書與五○年代那白寇夫（Nabokov）的力作《羅莉塔》（*Lolita*）之間，無論在題裁、敘事觀點乃至於社會上所點燃的查禁爭議上，都有許多相似之處，但問題是何默思完全沒有那伯寇夫的原創性或美學素養，因此相較之下，格外顯出《愛》書粗劣的品質。不過這雖然是本書不值得一看的理由，卻是否應該成為使它受到查禁的藉口呢？

　　自有出版品之後，就有查禁的問題存在，不過有史以來絕大多數禁書的嘗試，最後面臨的泰半都是失敗的命運，因為真正想要閱讀本書的人，總會找到獲得的管道——也許是從後街黑巷的小書店，也許是從原出版地直接定購，甚至也可能從電腦網路上印出全文……等，手段簡直應有盡有！

　　此外，禁書多半也是一個短視的決定，因為反而會給予查禁對象更優越的地位。回教世界焚燒英籍作家撒門·魯西迪的《魔鬼詩篇》（*The Satanic Verses*），精神領袖何梅尼並下令追殺魯西迪，其結果是促使全球對作家的聲援，以及文壇對他的加倍重視；D. H. 勞倫斯（D. H. Laurance）所著《查泰萊夫人的情人》（*Lady Chatterley*）方剛問世時，也曾因衛道人士的攻擊而遭到查禁，但今天本書已是眾所公

認的巔峰之作，而書中對兩性關係的描寫，也不見得就成了世人行止的典範。

　　浩瀚的書海中，上述類似的事例實是層出不窮，而何默思的《愛》書，因查禁風波得以和歷來極具爆炸性的經典之作相提並論，相信眞是連何默思本人也始料未及的事！對於曾經、或刻正考慮封殺某本著作而後快的有心人來說，這場NSPCC禁書大戰所提供的，毋寧是極富時代意義的啓示。

最能代表二十世紀的一百本書

就在九八年接近尾聲的時節，不列顛連鎖書店業的巨人「水中石」（Waterstone's）在綜合分析了兩萬五千多份調查問卷之後，發表了一張英倫讀者心目中認為「最能代表二十世紀」的一百本書籍票選名單，結果可說十分出人意表。

以五千多票高居排行榜第一名的，是托金（J. R. R. Tolkien）的奇幻小說《戒指之神》（*The Lord of the Rings*，1955年出版），遙遙領先分居第二、三名的歐威爾（G. Orwell）名著——《一九八四》（*1984*）（1949年問世）與《動物農莊》（1945），其次則是喬埃思（James Joyce）的名作《尤里西斯》（1922年先於法國發行，1936年再於英國出版），以及海勒（Joseph Heller）的《進退兩難》（*Catch-22*，1961年完成）。威爾胥（Irvine Welsh）九五年間頗為暢銷的作品《猜火車》（*Trainspotting*），令人錯愕地雄據第十名寶座，此外百部著作之中，只有十三本是出於女作家之手，似乎也是有點教人始料未及。

「水中石」發言人指出：「這份問卷統計，是歷來反映出最廣泛閱讀口味的票選結果之一，我們希望這張書單將能激盪出有關二十世紀寫作特色最熱烈的辯論。」

在這張書單中名次最高的非小說作品，是張戎所著的《鴻》，排

名第十一位，書單中沒有任何一本詩集入選，但倒有兩部科學性著作出現，一部是霍金（Stephen Hawking）的《時間簡史》（*The Brief History of Time*），另一部是朵金斯（Richard Dawkins）的《自私基因》（*The Selfish Gene*），至於童書顯然也頗受歡迎，葛萊姆（Kenneth Graham）的傑作《柳林中的風聲》（The Wind in the Willows）、米恩（A. A. Milne）的《溫妮小熊》（*Winnie the Pooh*），以及岱爾（Roald Dahl）的四本名著──《查理與巧克力工廠》（*Charlie and the Chocolate Factory*）、《莫提達》（*Matilda*）、《詹姆斯與大桃子》（*James and the Giant Peach*），還有《友善大巨人》（*The BFG*）等，也統統名列榜上。

　　由於這份問卷的訪問對象都是平凡的大眾，而非學有專精的文士學人，調查的目的既不是評比不同作家的文學成就，票選的結果也就不能用來衡量作品的文學價值。有不少文評專家認為，「水中石」的書單頂多只能反映短期間內，英國大眾文化的一個切面，因此隔段時間再做一次類似調查的話，他們相信票選結果必將出現頗大的變動，例如排名第十的《猜火車》，十年之後是否仍能上榜，便是件令人相當懷疑的事。

　　如果這個論調屬實的話，那麼「水中石」的這份書單則至少呈現出了二十世紀末一個有趣的現象：在英倫讀者票選出來的一百本書中，很大的比例都是有關奇幻世界的小說，其中托金的作品自不在話下，其他諸如路易士（C. S. Lewis）的《獅子、巫師與衣櫥》（*The Lion, the Witch and the Wardrobe*），以及亞當斯（Douglas Adams）的

《搭便車到銀河系指南》（*The Hitchhiker's Guide to the Galaxy*）等小說，何嘗不都是帶領讀者神遊虛構幻境的超現實之作？這是否意味著世紀末的不列顛普羅大眾具有某種逃避現實的傾向？他們又為何會有此一傾向呢？對於社會觀察家而言，或許「水中石」的書單，也提供了一些值得探討、分析的課題吧！

「水中石」書單前二十名作品

名次	書名	作者
1.	The Lord of the Rings	J. R. R. Tolkien
2.	Nineteen Eighty-Four	George Orwell
3.	Animal Farm	George Orwell
4.	Ulysses	James Joyce
5.	Catch-22	Joseph Heller
6.	The Catcher in the Rye	J. D. Salinger
7.	To Kill a Mockingbird	Harper Lee
8.	One Hundred Years of Solitude	Gabriel Garcia Marquez
9.	The Grapes of Wrath	John Steinbeck
10.	Trainspotting	Irvine Welsh
11.	Wild Swans	Jung Chang
12.	The Great Gatsby	F. Scott Fitzgerald
13.	Lord of the Flies	William Golding
14.	On the Road	Jack Kerouac
15.	Brave New World	Aldous Huxley
16.	The Wind in the Willows	Kenneth Grahame
17.	Winnie the Pooh	A. A. Milne
18.	The Color Purple	Alice Walker
19.	The Hobbit	J. R. R. Tolkien
20.	The Outsider	Albert Camus

（製表／蔡明燁）

英國春天小說市場的美國潮

正如不列顛狄倫書店宣傳部門人員莎拉·卞恩（Sara Payne）所曾指出的：「每年秋天一直到聖誕節期間，是出版市場新書出籠的旺季。聖誕節過後一直到情人節之前，是打折書的天下。春天裡雖然萬物復甦，卻是出版界最百無聊賴的清淡時節，一直要等到夏天來臨，針對放暑假的人口做設計，才又開始會有強棒出擊。」

用上述觀察來印證九八年四、五月間英倫小說市場的出版狀況，真可謂是一針見血！而也正因英國本土小說家在這段期間裡的創作量出現明顯的疲憊，我們發現整個春季之中，不列顛出版社所大力促銷的作品，幾乎都是來自大西洋對岸的美國作家。

以當時在暢銷書排行榜上高居不下的平裝書爲例，第一名首推約翰·葛里遜（John Grisham）的力作《夥伴》（*The Partner*），雖然書評家以爲葛里遜未能切中遊民流離失所成因的刻劃，但在作者盛名以及出版社的推波助瀾下，該書最後奪下了「九八年度最暢銷平裝書」的頭銜，簡直是意料中事。出版商甚至早已經開始爲葛氏當時仍在撰寫階段的新書《街頭律師》（*The Street Lawyer*）大力造勢，換句話說，當《街》書在一九九九年出爐之時，立刻竄升排行榜榜首，實是輕而易舉。

約翰·爾文（John Irving）的新作《一年寡婦》（*A Widow for One*

Year），則是九八年四月以降在英國文壇受到最多談論的小說。爾文素有「美國七〇年代代表作家」的美譽，但他的作品在美國本地的銷售數量，卻一向與面積、資源都小了好幾倍的英國市場不相上下，或許除了要歸功於英倫讀者的閱讀品味之外，也是拜英國出版社的促銷計劃之賜。《一年寡婦》與爾文之前的各部作品（如 *"A Prayer for Owen Meany"*、*"A World According to Garp"* 等）一樣，跨越了廣大的時空背景，隨著書中主角悲慘的童年、不幸的婚姻以及寫作生涯，讀者無形中也在美國與歐陸之間，做了一趟長達數十載的感情之旅。

東妮・莫里森（Toni Morrison）身為諾貝爾文學獎得主的八位女性作家之一，她的的巨著《天堂》（*Paradise*），甫上市即成為英語書市最受矚目的焦點，亦可謂無可厚非。《天》書以六〇年代一個位於堪薩斯（Kansas）的黑人小城做基地，深刻探討種族、歧視、偏見、人性、兩性、政治與文化等多重議題，感人至深，書評人一致推崇本書乃莫里森截至目前為止最偉大的傑作，無怪乎在《天》書的光芒籠罩之下，英國作者即使在自家市場上，竟也不得不黯然失色了。

但是熱愛英國當代文學的讀者們卻也不必過慮，基於當地出版界的工作慣例，在這波美國著名作家的浪潮逐漸平息之際，自便是英國小說家的重量級作品蓄勢待發之時，而這種慣例性的循環，似乎也正是目前英國出版市場年復一年生生不息的特色。

千禧年書潮

　　都是法蘭西斯・福山（Francis Fukuyama）惹的禍！

　　正如政治學教授艾瑞克・瓊斯（Erik Jones）所指出的：「自從
日裔學者福山所著《歷史的終結》（*The End of History*）一書於一九
九二年問世以來，學術圈裡針對《歷》書中所提出，冷戰時期兩大意
識型態的交鋒分出勝負之後，人類的歷史已經走到了盡頭一說，便有
著十分激烈的爭辯，重要論述諸如歐梅（Kennichi Ohmae）的《國家
的終結》（*The End of the Nation-State*）、漢丁頓（Samuel Huntington）
的《文明的衝擊與世界秩序的重整》（*The Clash of Civilisations and
the Remaking of World Order*），以及福山本人隨後推出的《誠信：社
會美德與富裕的創造》（*Trust: The Social Virtues and the Creation of
Prosperity*）……等大作，終於導致了『千禧年』（Millennium）研究
高峰的成形！」

　　如果此一分析還算精確的話，那麼九八年在不列顛所掀起的一波
世紀末書潮，可以說便是上述研究焦點的推展和延續。

　　曼紐爾・卡斯托（Manuel Castells）以《千禧年的終結》（*End of
Millennium*）一書，加入了這場千禧年的文化論戰，從蘇聯帝國的瓦
解，談到了第四世界的興起，亦即資訊資本主義、貧困以及社會排斥
的問題，書中不僅對全球性的犯罪經濟提出了精闢的見解，對一般以

為下一世紀將是「太平洋世紀」的預測做出了深刻的剖析，同時也對歐洲整合的問題有著獨到的觀點。事實上，《千》書乃是卡斯托「資訊時代：經濟、社會、文化」（The Information Age: Economy, Society and Culture）研究系列三部曲的最後一部，因此卡氏在本書末尾嘗試為人類過去的歷史下定義，並為將來的歷史尋找出路，毋寧也是整個三部曲的有力結語。

相形之下，威廉・葛雷德（William Creider）的《一個世界，準備好了沒有》（*One World, Ready or Not: The Manic Logic of Global Capitalism*），無論在取材或頁數上便都袖珍得多，然而本書的價值卻也不容忽視。葛雷德的文字風格一向十分懇動，在本書中亦不例外，栩栩如生地描述了全球資本主義目前如何運作，未來如何擴張，又將導致怎樣可怕的後果。作者的基本論點是：歷史是人類的導師，但人類卻是極笨的學生，想要避免悲劇，還是用心一點兒吧！讀來果真教人聳然心驚。

不過這波書潮中，倒也並非一致都朝文化與經濟的走向看齊。社會學家瑪莉娜・班哲民（Marina Benjamin）所寫的《活在世界末日》（*Living at the End of the World*），便試圖從各種不同的角度來探討末世預言者們悲觀論調的由來。她指出在今天這個逐漸失控的世界裡，愈來愈多人開始相信，人類的命運其實是受到一個未知的力量所左右，同時這些「新」宗教信徒們認為，這個力量本身跟人的壽命一樣，也是一個有頭有尾的過程，於是隨著各個團體所認定「結尾」的時機之不同，近來我們也便目睹了宗教商業化的現象，如「飛碟會」的成立

與瓦解，乃至不同秘教的興起，如「天堂之門」（Heaven's Gate）集體自殺的事件等。

　　除此之外，另有兩本作品是從科學的邏輯來辯證千禧年的議題，一為戴米恩‧湯普森（Damian Thompson）的《時間的終點》（*The End of Time*），一為史蒂芬‧古德（Stephen Jay Gould）所著《質疑千禧年》（*Questioning the Millennium: A Rationalist's Guide to a Precisely Arbitrary Countdown*）。

　　湯普森從日蝕與千禧年對西方文明的影響中侃侃而談，藉由「天堂之門」的悲劇，以及科學家在數年前公布一顆巨大隕石可能將於二○二八年十月廿六日撞擊地球，從而一度造成了世界末日即將來臨的恐慌，但隨後又緊急發布原來是計算錯誤的消息一事，解析人類活在世紀末年陰影下莫名的恐懼和樂觀的信心。古德則用各書中最淺白的文字來思考時間的問題，試問時間既然是一種人為元素，每個文化對時間的計算都有差別，那麼為什麼人類對於千禧年的結束或到來，竟然依舊如此不安？更進一步的，古德也嘗試說服讀者，所謂的廿一世紀，其實得要從二○○一年一月一日開始算起，可是他也很無奈地指出，全球性的大型慶祝卻顯然都選擇了以二○○○年的首日做起點，因此本書既可以說是對千禧年的質疑，也不妨說是對人類理性一種矛盾的感想吧？

文學裡的足球夢

對於不列顛虔誠的子民而言，足球不僅是生活的意義，是身上的血液，也可以說得上是一種信仰與宗教！因此不難想見的是，隨著四年一度的「世界盃足球賽」（World Cup）隆重開鑼，英倫境內無數的足球迷，也都因而進入一種狂熱的狀態，並進而將整個國度帶進了足球熱的高潮，連出版市場也不例外。

有趣的是，雖然英國球迷具有暴力傾向的流氓作風惡名昭彰，但自從九〇年代初期，愈來愈多的中產階級與女性族群也忽然對足球著迷起來之後，當地閱讀品味層次眾多的「足球文學」，開始在英語書市上備受好評，無形中竟使得「足球」有日漸「知性化」的傾向，從而也吸引了更多的愛好者。

尼克・宏比（Nick Hornby）以紐塞（Newcastle）足球隊為體裁的處女小說《熱度》（*Fever Pitch*），是目前這股風潮的始作俑者，出版至今已經售出了六十五萬冊以上，不過九八年方剛冒出的黑馬，則是考林・辛德勒（Colin Schindler）所寫的自傳《曼城聯隊毀了我的生活》（*Manchester United Ruined My Life*），以感人的文筆敘述了足球怎樣在他承受母喪之痛時，為他帶來心靈的安慰，頗有挑戰宏比暢銷權威的態勢。

至於短篇小說合集《痛苦與興奮──世界盃新作》（*The Agony*

and the Ecstasy - New Writing for the World Cup），或也不容忽視，畢竟除了故事短小輕薄，極適於足球迷在中場休息時翻閱之外，裡頭也收錄有彼特・戴維斯（Pete Davies）的文字。戴維斯在九〇年時以《全數出局》（*All Played Out*）一書，生動捕捉住了英格蘭代表隊在義大利賽程的心路歷程，此後便始終與宏比合稱為足球文學的兩大教父。出版社原曾極力慫恿戴氏在九八年的「世界盃」大賽期間到法國全程追蹤，以便撰寫《全》書續集，但卻遭作者所拒，因為他認為同樣的書不值得寫兩次，同時他也對足球目前過度的商業化頗覺反感，結果他在《痛》書中所作的短篇便很有一種疏離、現實的意味兒，在其他各篇一致充斥的懷舊氣息中脫穎而出。

當外籍球員數量暴漲、衛星電視轉播無遠弗屆之際，英國球迷對他國足球實力的興趣自也是與日俱增，而針對此一現象，值得一提的新書還有賽門・卡伯（Simon Kuper）所編的《完美球場二，外國場地》（*Perfect Pitch 2, Foreign Field*），對國際級的足球明星有著完整的描繪；克里斯・泰勒（Chris Taylor）所著的《美麗遊戲》（*Beautiful Game*），以觀察者的角度精彩探討了南美足球的歷史與當地民眾對足球的熱愛；烏拉圭籍作者艾迪阿多・加里諾（Eduardo Galeano）所寫《陽光與陰影下的足球》（*Football in Sun and Shadow*），則以主觀者的立場記述了家園關於足球的點滴。

另外為紀念英國足球光榮歷史而出的籍冊，以《英格蘭──阿爾夫・雷姆濟年代》（*England: Alf Ramsey Years*），以及《蘇格蘭在世界盃決賽》（*Scotland in the World Cup Finals*）等兩部為代表，蒐羅了各

種昔日的海報、賽程表、球員名單……等。

　　對於所支持球隊不幸提早敗陣出局的球迷來說，則閱讀大衛・包勒（Dave Bowler）所作的阿爾夫・雷姆濟傳──《勝利並非一切》（*Winning Isn't Everything*），回顧了三十多年前英格蘭奪下世界盃冠軍的甜美經驗，或許能夠稍感快慰。不過反正隨著每年的夏天到來，足球季節方興未艾，世界盃之外，另有歐洲盃、英國本土比賽，以及林林總總的不同球賽等，足球迷大可繼續編織新的美夢，正如足球文學顯然也仍有數之不盡的嶄新章節，可以一再地繼續編寫下去。

媒體書潮的幾個省思

　　英國麥克米倫公司稱得上是不列顛學術出版界的龍頭之一，因此從它每季的出版書目中，往往也便能反映出英倫學術圈當前的研究趨勢，這個現象由其九八年暑假所同時出版的幾部媒體專著上，可以說更是一覽無遺。

　　以縱的方向來分析，這一波觀察視角各異的媒體書潮，證明了「媒體批判」這門自七○年代快速成形的最新顯學，至今依然持續受到重視；但若以橫的切面來解讀，則我們從以下的三部論述中，便將發現媒體研究領域裡一些重要議題的發展。

　　由安德斯‧漢生（Anders Hansen）等四位學者（另三人為Simon Cottle、Ralph Negrine與Chris Newbold）共同完成的《大眾傳播研究方法》（*Mass Communication Research Methods*）一書，表面上看來似乎是平淡無奇的「機械性」作品，但事實上它卻呈現了幾個值得注意的現象：第一，大眾傳播原是由社會學衍生出來的一環，因此學者們往往必須藉由社會學的理論與方法從事傳播學的研究，而當學者開始察覺其中的不足，並系統性設計出專為探討傳播媒體所需的研究架構時，「傳播學」可以說便隱隱然有脫胎自成一個學術領域的態勢了；第二，由本書的問世，我們也可以見出目前社會、人文學科日漸倚仗科學性研究方法的一個新走向，從前人文學者們傾向大量閱讀各種文

獻資料，然後由其中歸納出某些結論的方法，在大西洋兩岸學界已逐漸成為過時的模式，新的研究性論述不管題裁為何，一概必須符合條理清晰、邏輯明確的嚴格要求，難怪研究人文科學「研究方法」的作品，會在市場的要求之下應運而生了。

保羅・波納（Paul Bonner）與雷斯李・阿斯頓（Lesley Aston）合寫的《英國獨立電視公司第五集》（*Independent Television in Britain Vol.5 - ITV and the IBA 1981-92: the Old Relationship Changes*），由書名即知是一個系列中的最新篇章。不過值得注意的是，本系列第一位作者伯納・森鐸（Bernard Sendall）在七〇年代末期開始動筆撰述第一、二集（分別為 "*Origin and Foundation, 1946-62*" 與 "*Expansion and Change, 1958-68*"）時，有關英國商業電視的學術研究直如鳳毛麟角，而也正因森鐸的努力，加上英國廣電媒體生態自八〇年代以來的劇烈變化，這個研究系列終於開花結果，先由傑若米・波特（Jeremy Potter）接手完成了第三、四集（分別是 "*Politics and Control, 1968-80*" 與 "*Companies and Programmes, 1968-80*"），再由波納、阿斯頓接棒推出第五集，從而吸引了系列中空前廣大的讀者群。

本書從八〇年代初，英國境內原只有三個全國性電視頻道，但現在全國電視網不僅已增加為五個，衛星頻道平均為五十個，同時有線電視業者也從八〇年代的十六家躍昇至目前的一百三十七家，每家各又供應了訂戶五十個頻道的現象，追溯了英國電視環境的演化，也探討了未來可能面臨的問題。由於英國政府一再考慮將英國廣播協會

（簡稱BBC）私有化，商業電視系統最後很可能終將會取代目前的公共電視制度，因此本書的廣受矚目，與整個媒體機制的發展，或也可說若合符節。

最後，理論性反省媒體的社會責任與新聞報導背後的文化意涵，向來是媒體研究的一個重要流派，琴恩・加樂比（Jean K. Chalaby）所著《新聞學的發明》（*The Invention of Journalism*）一書，便是延續此一傳統的作品，書中特別強調了有別於社會學的研究方法，為本文稍早所提出的觀察心得，做出了有力的見證，此外本書也以英國報紙做為個案研究，剖析操縱「新聞真相」的幕後因素、新聞從業人員的職業道德與專業素養，並對所謂「公共空間」（public sphere）的成形，有著諸多著墨。作者最後指出，公共空間與媒體空間並不相等，現代媒體往往提供了社會大眾集體逃避的機會，卻削弱了公眾對社會、政治衝突的意識。換句話說，如何善用媒體、不為媒體所愚弄，與透視新聞背後的層層幕帷一樣，除了需要更多具有真知灼見、敢言能行的研究者與媒體專業人員之外，也需要更多具有理性判斷能力的讀者和媒體閱聽人。

輯二

學術作品評介

一般多以為學術作品「枯燥無趣」，因此不免也就抱持一種「敬鬼神而遠之」的態度。但事實上，好的學術作品乃是作者學問的精髓，對某個專業長年研究後的心血結晶，因此不僅能夠在短短的書頁之間增加我們的知識，更能刺激我們的思考！正如本書序言中所曾提及的，與其企圖從五、六十萬字的長篇小說裡提煉出一兩句富有智慧的言語，倒不如靜下心來閱讀理論性的著作，字字珠璣。

　　這裡所評介的作品，受限於個人所學及興趣的關係，主要涵蓋了媒體、政治、文學及社會學等幾個面向，同時它們雖然在國內可能不一定有譯本問世，但我在選擇題材或解讀作品的時候，卻總是以國內讀者的立場做為出發點，因此某些作品的研究或與國人有直接的關係，某些作品所牽涉到的辯論，是無論東、西文化的差異，舉凡現代社會皆有影響的議題。另外有些作品則觸及了全書中不斷重複出現的主題，例如輯一裡提及了布克獎，輯二裡便介紹了一本專門分析此文學獎的專書，同時輯三中也將推介幾部該獎項的得獎及入圍作品。

　　換句話說，本書固然是各篇獨立文章的結集，透過在選裁及安排上的用心，但願讀者仍能感受到某種整體性；又或者當您沒有時間閱讀全書時，也將能在您有興趣的題目上，擷取些許收穫。

政府和媒體間的戰爭與和平

對於開設媒體社會學及媒體政治學的教授們來說，尋找合適的教材始終是件令人頭疼的事，因為這方面的文獻無論在國內外都不是太豐富，而既有的資料中，又有一大半過分重視抽象的理論分析，另一大半太冗長地描述媒體歷史與特質之虞，鮮少有一針見血，且能與今日世界交互印證之作！難怪羅爾夫・奈葛林（Ralph Negrine）的《英國政治及大衆媒體》（*Politics and the Mass Media in Britain*）一書，自一九八九年首次問世以來，一直深受英美學界的歡迎，一九九四年修訂再版後，更是引起熱烈迴響。

本書以活潑的文字評估現代傳播理論，並舉近數十年內英國媒體政治史上幾個倍受爭議的事件加以檢證，如一九八五年柴契爾政府干預BBC「眞實生活」系列中一個有關北愛爾蘭恐怖組織（IRA）的單元，激起BBC聯合其他媒體從業人員發動大規模罷工的抗議風潮，以及一九八八年ITV所製作的深度報導「岩上之死」（Death on the Rock），探討英軍特別部隊（SAS）在吉爾伯它（Gilbraltar）刺殺三名正在籌劃爆炸行動的IRA份子一事的正當性，雖然遭到鐵娘子內閣的「嚴重關切」，ITV卻不顧一切政治壓力，如期播出此一節目……。這些活生生的例子確令本書的可讀性大為提高，也使英國政府和大衆傳媒之間的互動關係，以及各自所扮演的角色等，有呼之欲出的

鮮明印象。

　　不過本書畢竟不是十全十美──到底有沒有什麼作品能夠稱得上
「十全十美」，則是另外一個問題──譬如作者在檢討蘇彝士運河危機
時，輕易地接受了一個普遍認同的觀點，亦即認為BBC海外服務部對
當時英國的外交政策是加以挑戰、悖逆的。但事實上，儘管BBC並不
贊成出兵埃及的決定，且因而與內閣形成某種緊張的關係，然基於國
家整體利益的考量，BBC海外部門對英國政府的國際政策終究還是予
以配合的，只不過在維護國家尊嚴和安全，以及所謂不做泯滅良知的
政宣之間，有一道微妙而不可逾越的界線而已。

　　政治是一種複雜的雙向過程，作者以一個爭取頻道開放的運動做
個案，斷言英國民眾能夠運用媒體向政府充分反應意見而達成其願
望，則從筆者的角度看來，感覺上也不免有些失於天真：民眾在透過
媒介向當權施壓之際，這個「壓力」能發揮到什麼程度，本身便受限
於諸多元素──政治生態內的權力結構、媒體的組織型態、媒體對政
壇要角的影響力、政治人物對媒體的依賴性，以及媒體對群眾訴求的
認同程度、立場觀點與報導時所採取的角度……等（從這裡我不禁想
到了九〇年代初期，台灣媒體針對公視建台案的諸多辯論、探討、報
導與分析，簡直是百家爭鳴，但整個議題到頭來卻落了個草草收場的
結局，使我們對政治與媒體雙向互動的模式，也都增加了一些切身的
體會）。在此我願向讀者提出的兩個思考切點為：媒體守門員「守門」
的標準是根據大眾需求與品味而決定的嗎？還是根據媒體決策者（甚
或加上其與當權者間的利害權衡後）想要大眾知道什麼、如何知道來

選擇的呢？

　　由本書作者的歷史解析中，我們發現自從十九世紀以來，媒體便一直是英國政府的制衡力量之一，但讀者卻不應因此而高估所有媒體對「第四權」（the Fourth Estate）所許下的承諾。因爲這份高估所造成誤解的信任，給予二十世紀末的許多媒體寡頭可乘之機，打著「自由市場」、「自由競爭」的旗幟，表面上服務自由民主，實際上卻只是利用媒體爲一己私利（經濟和政治的雙重利益）鑽營而已；但就另一方面而言，這份民衆對媒體「第四權」的殷切期盼，將也是民主社會裡日漸茁壯的力量，是有擔當、有膽識、能爲公平正義服務的媒體背後支持的後盾。換句話說，「第四權」是否能夠伸張，有擔當的媒體是否能夠在一片歌舞昇平的同儕中異軍突起、屹立不搖，則也需要有智慧、願意深思明辨的大衆的存在。

　　總而言之，本書作者無意爲政治和媒體之間的戰爭與和平畫下句點，相反的，全書爲此議題提出更多的疑問，挑戰讀者更深一層的思考，從而開拓了此一領域更進一步的研究空間，是其眞正難能可貴之處。

奇蹟中的奇蹟

　　科學性的著作能夠成為暢銷書嗎？恐怕很難，尤其是在中國人的圈子裡，恐怕更難！怪不得薄珏和孫雲秋固然與伽利略（Galileo Galiei）約在同一時期發明了望遠鏡，但伽利略儘管命運坎坷，終享大名，而薄、孫二人事蹟雖在清初《蘇州府誌》上有過詳細記載，卻沒沒無聞；就連宋應星的《天工開物》，作者也自承這樣一套關於生產製造科技的叢書，對當時的文人，亦即昔日僅有的讀者來說，只能「棄擲案頭，於功名進取毫不相關也」。

　　因此，像《時間簡史》（*A Brief History of Time*）這樣一本探討「黑洞」的專書，竟然能夠在一九八八年出版後，三年內即銷售五百五十萬冊，翻譯成三十三國語言（包括中文在內），並於一九九〇年由大導演史蒂芬·史匹柏（Steven Spielberg）資助拍成電影，倍受中外推崇，不啻是樁奇蹟！而撰寫本書的作者——恰在伽利略逝世第三百週年紀

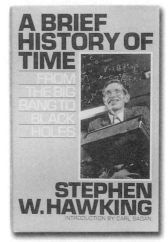

《時間簡史》書影；蔡明燁攝影。

念日誕生的英國天文物理學家史蒂芬‧霍金（Stephen Hawking），居然能在「運動神經元症」（Motor Neuron Disease）造成其全身肌肉萎縮、硬化的情況下，一再以他對宇宙太空的新發現震撼全世界，享有伽利略、牛頓以及愛因斯坦繼承人的美譽，這份成就與毅力同樣令世人驚嘆不已。

只是霍金近幾年來又開始成爲媒體的焦點，倒不是因爲一九九五年秋天傳出他再婚的消息，而是他在爲美國天文學家勞倫斯‧克羅士（Lawrence Krauss）出版新書《星旅物理學》（The Physics of Star Trek）所寫的序文中，大膽推翻自己過去的假設，公開承認時光旅行的可能性，使得夢想穿梭於歷史中的人們感到極端興奮！

當然，一般序言比正文更受重視的範例並不多見，不過霍金的這篇序能引起偌大迴響，卻是其來有自。「時光旅行」的議題事實上可以追溯到牛頓時代——十七世紀時牛頓全盤否定此一構想，宣稱「時間」與「空間」是兩個固定的元素，無法改變，彼此也無關聯。牛式學說深受世人認同，直到愛因斯坦證明「時間」和「空間」其實緊密互動，是「相對」而非「絕對」的元素，一起受到萬有引力的影響，這才開拓了宇宙學的全新視野，並刺激科學家對隕落星球（亦即黑洞）如何造成時光倒流做深入研究。

及至一九九二年時，已有頗多的物理學家和天文學家，認爲愛式的相對論確留有讓時光旅行成眞的空間，只可惜提不出完整的邏輯，唯獨霍金卻力排眾議，說服了許多熱心人士相信「時光旅行的可行性荒謬絕倫」。所以時至今日，當霍金在《星》書序文裡坦承，一旦他

把愛因斯坦的相對論及量子論合在一起思維觀照，發覺超光速星際旅行極可能將會造成使人們回到過去的結果時，天文物理學已終於又邁向一個嶄新的紀元了！

目前霍金已促成劍橋大學及加州科技研究院對此領域進行全力探索，而他在寫給克羅士的序中說：「當科學尚未能讓人類登上前所未有的奇妙境地之前，科幻小說早已使我們在各種異想天開的可能性中先行悠遊……。」也正不斷被媒體引用，視為是對「回到未來」夢想成真的背書！只是……，光讀序文多不過癮？什麼時候霍金將能以最前衛的觀念與研究心得寫出《時間簡史》的續集，揭發歷史洪流更深一層的奧秘？全世界正拭目以待中。

廣播、政治與外交

擁有七十多年「公共服務」（public service）悠久歷史的英國廣播協會（簡稱BBC），無論是電視節目、廣播品質，乃至於新聞報導與評析，向來被譽為全球電子媒體的楷模，而或許便是因其廣電制度的完善吧，大不列顛境內有關媒體和社會、政治及國際關係間彼此互動的研究，在歐美學術圈中也頗有獨領風騷之勢，與英廣的傲人成績不遑多讓。

在這樣的環境孕育下，列斯特大學（University of Leicester）精心籌劃的一系列《外交研究》文叢，卻以一本由「傳播政治學」角度出發的作品，也就是任格雷（Gary Rawnsley）所著的《廣播外交與宣傳》（*Radio Diplomacy and Propaganda*）做先鋒，可謂殊非幸致，而在探討媒體的學術性著作多如瀚海的英國，這本《廣》書竟能脫穎而出，則不僅肯定了本書的學術價值，也暗示了它與眾不同的魅力！

任格雷的文字典雅精美，推論邏輯深入淺出，以古喻今之際令人覺得充滿了現代感，而種種過往事件信手捻來，卻又飽含歷史的韻味。基本上《廣》書以蘇彝士運河、匈牙利叛亂、古巴核武，以及越戰等四大世界性危機來闡述國際傳播，尤其是海外收音機廣播，在國際政壇與外交上所扮演的複雜而又重要的角色，但在陳說歷史的同時，作者卻屢有神來之筆，例如將一九五六年的匈牙利叛亂與一九八

九年的天安門事件相互印證，既使讀者對「古今中外」民運行動類似的本質、獨裁政權一致的狠辣，乃至BBC和美國之音（簡稱VOA）等國際傳媒如何成為出事地點境內境外唯一消息管道的情況，產生歷久彌新的鮮明印象。又例如，論者嘗謂蘇彝士危機爆發時，BBC海外廣播對英國的外交政策是加以悖逆的，但任格雷卻指出，BBC固然並不贊成出兵埃及的行動，且在國內節目中抨擊此一決策而與內閣形成緊張關係，不過基於國家整體利益的考量，BBC海外部門對英政府的國際政策終究還是予以配合的。

有趣的是，在這樣的妥協之下，BBC對外廣播卻往往還是受到國際輿論，甚至敵國的信賴！除蘇彝士運河危機外，二次大戰期間的德國民眾便只仰賴BBC的報導來瞭解戰爭的進展；當VOA在冷戰期間被蘇聯政府全面查禁之際，蘇共高層卻只有當雙邊關係最吃緊時，才禁止BBC的俄語廣播，而且始終保留著BBC的英語頻道以便獲取最新資訊──只因BBC謹守了經常被其他傳媒所踐踏，在「維護國家利益」與「不做泯滅良知的政宣」之間，那道微妙卻不可逾越的界線而已！而這也正如作者所言的，證實了BBC的信念：真相本身便是最有力的心戰武器。換句話說，當廣播媒體因報導事實而被廣泛接受時，它背後的價值觀及意識形態，是否將更能潛移默化其受眾呢？這觀點頗值得所有亟欲全力操縱該國傳媒的政府玩味思考。

有為有守的境外廣播除了流通信息之外，也可以挑起國際間溝通的重任，例如六○年代初期，古巴事件造成美、蘇兩強的劍拔弩張，而就在危機四伏的狀態下，赫魯雪夫（Khrushchev）間接利用BBC向

美國當局表達讓步的意願,甘迺迪(J. F. Kennedy)一獲得報導,也立即在VOA上做出善意回應,避免了時間上的浪費與各種可能造成的誤解,間不容緩地平息了核戰風暴!於是基於此一經驗,白宮和克里姆林宮間始有「熱線」的設置,影響所及可謂相當深遠。

熱愛文學的人,常在歷史中品嚐永恆的人性,而也或許正因人性的永恆吧,學史的人常覺能鑑往知來。任格雷以歷史上的危機而給予國際媒體/國際政治和外交等領域新的觀照,難怪《廣》書能引起眾多的共鳴了!

布克獎研究報告

　　所謂打鐵趁熱。一九九六年間正當「布克獎」方剛落幕而餘波未息之際，理查‧拓德（Richard Todd）在不列顛學院（British Academy）的贊助之下，出版了他對英國書市的整體觀察──《小說商品化：布克獎與今日的不列顛小說》（*Consuming Fictions: The Booker Prize and Fiction in Britain Today*）──書中對現代西方世界的出版文化頗有獨到見解。

　　目前英境內各種大大小小的文學獎可謂琳瑯滿目，獎勵的對象從小說到非小說一應俱全，給獎的單位也是由啤酒商到報業鉅子等無奇不有！為什麼這麼多林林總總的團體願意投注所費不貲的財力、人力與物力，彼此競爭以求一沾文學之光呢？崇尚人性本善的樂天派們，也許會認為是「利他主義」終於開始在商圈裡盛行起了來的緣故，但憤世嫉俗的務實派們，卻很可能懷疑是獎項背後另有某種潛藏的利益動機。不過無論答案為何，正如拓德指出的，今天的出版界早已深深受到了「獎之文化」（prize culture）的洗禮，新的出版策略是因應此一衝擊的深層迴響，而布克獎便是其中最主要的動力之一。

　　一九六八年於倫敦成立的布克獎，既非英語文壇最老的小說獎，其獎額（合約新台幣一百萬元）和諾貝爾文學獎（約新台幣三千萬至四千五百萬元之數）相形之下也有如小巫見大巫，可是整體而言，除

了當大英國協作家摘下後者桂冠之外,布克獎在不列顛境內竟是比諾貝爾獎更要廣受矚目!究其原因,一來固然是諾貝爾放眼寰宇的世界觀,使習於英語創作的讀者似乎對翻譯作品具有某種程度的抗拒性,但更重要的,其實一切都必須歸功於宣傳的效果。

接受布克企業委託籌劃布克小說獎的公關公司「寇曼‧格帝」(Colman Getty),對媒體的運作與讀者的心理極富心得,從入圍名單公布之後,透過電視、廣播、報章雜誌的報導,乃至合法賭賽登記店內對得主的預測,有計畫地將決選的過程推向高峰,而出版社眼見趨勢書潮的成形,也便趁著布克季節紛紛舉辦各種讀書會,以及在小劇場裡進行的入圍作品朗誦會……等。

於是過去嚴肅文學僅針對特定小眾做訴求的侷限漸被打破,取而代之的,是直接向大眾市場進軍的行銷戰略。這套強而有力的促銷手法挾著大獎造勢之威,不僅改變了傳統書店陳列讀物的方式,提升了所謂「暢銷書」的品質,也使以大眾品味見長的世態小說,不再有專美於前的銷售成績。

以湯姆士‧肯尼里(Thomas Keneally)一九八二年的獲獎巨著《辛德勒的名單》(Schindler's Ark)為例吧,布克獎的光環早已將本書推向國際文壇,而自從獲得電影導演史匹柏的青睞後,其進帳更已到了驚人的地步!

不過「獎之文化」自也有其危機,尤其文學作品的優劣難有定評,當書商只顧全力傾銷有獎護航的著作時,遺珠之憾便在逐日加深及擴大之中,如最近數屆的布克獎小說總是瀰漫著濃厚的懷舊氣息,

於是像恩滋華斯（Barry Unsworth）所著的《漢尼拔之後》（*After Hannibal*）這樣充滿了現代感的佳構，便因未具得獎相而慘遭滑鐵盧，實是令人扼腕！此外，不同的評審委員雖然各有所愛，但最終得主卻往往是在異中求同後妥協的結果，因而太具爭議性的創作也便經常受到了犧牲，又何嘗不是愛書人的損失？

　　拓德的研究除了提供布克小說的指南之餘，更為關心書市發展的讀者提出了亟待深思的議題。

冷血殺機

一九八九年九月十四日，一個名叫約瑟夫・威斯別克（Joseph Wesbecker）的印刷工人帶著一把半自動步槍走進工廠，突然開槍向他的同事們掃射，當場造成了八人死亡，十二人重傷的慘劇。但威斯別克並未停止，而繼續在死屍身軀、工廠水管、辦公設備……等上頭連續射擊，直到血、水泛流成河，然後他舉槍自盡。

這在美國社會新聞上並非鮮見的事例，不過犯罪心理學家約翰・康威爾（John Cornwell）的筆觸是如此犀利而生動，對研究主題的剖析又是如此冷靜且一針見血，上述案例從他的新作《損害之力：意識、謀殺與試驗藥物》（*Power to Harm: Mind, Murder and Medicine on Trial*）中讀來，其恐怖、殘忍之處簡直歷歷在目，使人禁不住頭皮發麻！

《損》書旨在探討類似像「威斯別克事件」這樣的罪行，對於現代社會所造成的深層衝擊，而該書所描繪人心的黑暗面相之所以如此令人不寒而慄，則不只是因為作者揭露了人類竟然能夠對某些獸行的麻木不仁，更在於書中所顯示美國大眾視火器槍械之容易取得為理所當然的態度，幾乎已到了教人不可思議的地步。

同時正如書名副標題所指出的，康威爾也檢證了思想意識及試驗藥物對犯罪行為所造成的影響。在本案例中，威斯別克有著不幸的童

年、破碎的婚姻以及抑鬱的工作生涯，此外他還長期服用了一種稱作Prozac的藥品，而在悲劇發生之後，社會各界確曾衍生出了一個質疑：是不是由於Prozac的副作用導致威斯別克情緒失控，從而釀成了此一血腥禍端呢？——於是在熱烈的辯論聲浪中，「威斯別克事件」的劫後餘生者及受害人家屬，激動地聯名控告製造Prozac的主要藥廠，要求巨額賠償。

這一場官司在大西洋兩岸皆造成相當大的轟動，法庭內外的爭辯也彷彿最佳的犯罪心理劇集般高潮迭起。威斯別克的心理醫生坦承了威氏生前的各種心理狀態、眞假難辨的印象和幻覺……等，同時他認爲Prozac有可能是造成威斯別克腦部產生錯誤記憶的因素之一，但是威斯別克一口氣謀殺多人的醜惡罪行，該心理醫生卻相信與任何藥品的服用均無關聯。

科學日益進步之際，現代社會無形中似乎也逐漸接受了一種對「人」的重新定義，好像人體只不過是神經細胞的結集，人類的行爲則只是大腦內部一連串化學作用及程式機制的反應罷了，因此只要某一個環節因外界影響而失調，就可能造成無法挽救的後果。不過在這一場訴訟之中，這一套後現代觀點並未能完全說服陪審團，最後Prozac藥廠以9：3的票數勝訴，而康威爾在爲本事件總結時，也據此做出了有力的結語：威斯別克的暴行是他所犯下的，難以嫁禍給其他人、事、物；至於威斯別克生前所感受到精神上的痛苦，則與其要求Prozac藥廠負責，不如反思現代社會體制及人際網路互動上所產生的層層問題。人類因著靈魂和自由意識，絕不只是物理分子的總和而

已,同時由於人與人的彼此倚賴,我們也不只是疏離的個體,因此我們不僅對自己有責任,同時對彼此、對世界、對人性的尊嚴,也都有著共同的責任。

　　然另外值得注意的一個事實是,正因威斯別克毫不費力地便能購得無數武器,這場屠殺的慘劇才會在瞬間造成。換句話說,倘若沒有Prozac,本事件「或許」會有不同的轉變,但倘若沒有那些致命槍械,該案件卻一定會有極其不同的結局──至少傷亡不會那麼慘重。這一點,毋寧值得各國主事者深思吧?

文化與貧窮：解析愛爾蘭文學

身兼記者、學者、詩人與小說家等多重身分的西姆斯‧狄恩（Seamus Deane），出生於北愛爾蘭的德瑞（Derry）城鎮，在繼九六年佳評如潮，以四〇及五〇年間德瑞做背景的布克獎入選小說《在黑暗中閱讀》之後，又把他對愛爾蘭文學和歷史的研究心得，寫入《奇異的國度：一七九〇年以來愛爾蘭作品中的現代性與國族性》（*Strange Country: Modernity and Nationhood in Irish Writing Since 1790*）一書中，對這塊生產過無數文學大師的土地，有著深刻的洞察。

狄恩在暢談了葉慈（Yeats）、喬哀思（Joyce）、貝克特（Beckett）、歐布來恩（Flann O'Brien）……等大家鉅著之餘，指出現代愛爾蘭文學的中心張力，乃在於「喬哀思的倦怠」與「葉慈的啓示」之間，他並將這兩個質素稱爲「國族的變化表」，認爲許多愛爾蘭作品出於對現實的倦怠，習慣性地「將愛爾蘭的歷史當做具有啓發性的經驗加以戲劇化」，於是歷史不斷被改寫爲神話，而這些神話性的故事雖然具有「偉大」的效果，同時卻也充滿了辛辣激辯、強烈矛盾的歷史錯綜感。

《奇》書中對於某些歷史學家堅持把簡化的研究方法，應用於極具複雜之偶然性的愛爾蘭歷史，以及部分學人嘗試把北愛爭端數個世紀演變下來的糾葛因子，化約成單一的政治衝突，在在有著嚴厲的批

判，正如狄恩所宣稱的：「不列顛在愛爾蘭的統治，並不像獨立分子所誇張渲染的，彷彿通俗鬧劇般的邪惡。」此一持平見解，更增添了作者做爲文學歷史客觀評論者的權威性，因此當他細膩解析愛爾蘭文學與歷史間不可分割的密切關聯時，不知不覺間，讀者似乎也看見了兩者互相撞擊下所爆出的萬點星火。

　　此外，狄恩對於愛爾蘭本身的「奇異性」，也有著獨到的觀察。他相信，愛爾蘭作家之所以對現實時而感到倦怠，是由於愛爾蘭生活的貧困所致，但奇妙的是，愛爾蘭豐富的文化活力，卻始終比她長久以來落後的經濟條件更爲突出、強韌且有力，因此倦怠感反而成爲創作的動力，猶如川端康成所說「藝術是苦悶的象徵」一語，終於使得愛爾蘭成爲一個「奇異的國度」！君不見西方各國的文學作品中，總是將愛爾蘭描繪成一片古老而浪漫的土壤，惡劣的物質環境與富裕的精神生活鮮明對比，有著葉慈筆下充滿生命力的農家女子和乞兒，儘管衣衫襤褸，依然歡欣歌舞嗎？

　　這樣的刻板印象，自是由愛爾蘭的奇異性引發而來，雖然不見得便是唯一的眞實，但狄恩以爲愛爾蘭，尤其是受到殖民統治下的愛爾蘭，其文化的燦爛與經濟的衰退正是該國文學與歷史一體之兩面，不可不謂是一針見血的論點。

　　現代人多認爲，「雖然」貧窮，文化仍能滋長；唯詩人葉慈卻曾說過，「正因爲」貧窮，文化才能興盛。狄恩在《奇》書裡對於兩造間孰是孰非並無偏袒，然對於造就了今日愛爾蘭的「貧窮」和「文化」這兩大質素，卻以無窮的感性與機智，做出了深入的探索。

歷史與思潮

　　英國出版社盧特里區（Routledge）在印行諾丁罕大學（The University of Nottingham）教授約翰・麥克列倫（John McClelland）的論述《西方政治思想史》（*A History of Western Political Thought*）時，怎麼也沒料到，這樣一本厚達八百多頁的學術性鉅著，竟然能夠成為暢銷書。因此當本書在大西洋兩岸不僅受到學術界的重視，更在英美書市扶搖直上時，盧特里區發行人跌破眼鏡的驚喜，也就可想而知了！

　　《西》書之能突破一般學術專書的侷限，吸引了廣大讀者的興趣，似乎可以說是學術界最近所掀起，一種以輕馭重、化繁為簡之新興寫作風格的再次印證。英國馬克思史家霍布斯邦（Eric Hobsbawm）的經典文獻《十九世紀三部曲：革命的年代，資本的年代，帝國的年代》，不但因自成一家之說而受到學界的肯定，霍氏所運用的敘述史學，也深深影響了傳統規格的歷史寫作；來自挪威的哲學教授加德（Jostein Gaarder），則

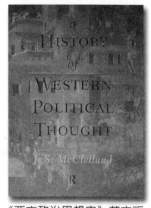

《西方政治思想史》英文版書影；蔡明燁攝影。

先以《蘇菲的世界》（*Sophie's World*）一書，將三千多年來的哲學迷思濃縮成平易近人的對話與問答，再於續集《紙牌的秘密》（*The Solitaire Mystery*）裡，以精彩緊湊的連環故事向世人揭露人生的奧秘。這些著作，便都是邇來能夠同時打動學者專家及一般讀者的典範。

　　整體而言，無論是從所涵蓋的範圍，或是由作者討論問題的深度來看，《西》書都不愧被譽為是追溯人類智慧史的大師級作品，尤其麥克列倫把抽象的理論代入實際的日常生活經驗中，使各種玄虛的意念具體化，經得起我們從不同角度加以辯論、分析，並且將歷代哲學家轉化為活生生的人物，使讀者能夠與之傾心交談，更是本書難能可貴，得以在同類型專著裡脫穎而出之處。

　　美國《紐約時報》書評專欄形容麥氏是以一種「快樂、聰明又充滿熱情」的態度來撰寫本書；英國廣播協會也在它的評論節目裡，推崇本書使「西洋政治思想活了起來！各種思潮彷彿在文字裡歌唱、閃爍、雄據一方。然後，舊思想有時順利地被新觀念取代，有時卻又在新脈絡下死灰復燃……。」麥克列倫的文采、學識及深入淺出的溝通能力，是使本書深具可讀性的主要原因，難怪牛津大學教授湯姆・波林（Tom Paulin）要說：「我知道政治可以很有趣，但直到讀了本書，我才知道原來影響歐洲歷史深遠的各項政治理論與意識型態，其興衰過程也同樣是可以這麼引人入勝的。」確是一語中的。

印度電影初探——由一本新書談起

對西方世界而言，談到印度電影，一直都有點像講笑話一樣，因為傳統印度片中往往充滿著怪異的音樂和歌舞、飛天魔毯、通俗鬧劇、職業舞女，乃至許多荒誕不經的情節及人物……等。

這些對印度影片的既定概念，一直到四十年前薩亞吉雷（Satyajit Ray）的作品在國際影壇上大放異彩之後，才總算逐漸出現了轉機。薩亞吉雷根生於印度社會，但同時對西方文化又有著敏銳的觀察，於是透過精湛的導演技巧，他終於成為印度的第一位「電影大使」，經由第八藝術，將這個神秘又古老的東方國家介紹到世界各個角落。而從一九七〇年代末期以降，拜無數國際電影節、電影展之賜，各國影人與觀眾對印度電影的高度興趣更是急遽擴展，促使了其他重要印籍名導諸如加塔克（Ritwik Ghatak）、慕里諾生（Mrinal Sen）、班納哥（Shyam Benegal）、阿拉文登（G. Aravindan），以及哥帕拉克里斯南（Adoor Gopalakrishnan）……等，很快都變成了世界影壇耳熟能詳的大名。

然而令人頗感不足的是，在這累積了數十春秋的印度電影熱潮中，截至目前為止，一直都還沒有一部圖文並茂、詳實完備，有關印度電影史的英語專著問世。美國著名的媒體研究巨擘巴諾（Eric Barnouw），曾經和克里胥納斯瓦密（S. Krishnaswanmy）合著了《印

度電影》(*Indian Film*，1963年初版，1980年修訂)一書，但除了年代久遠、資料老舊的問題外，本書過於濃重的學術氣息，不免教一般讀者望之卻步。一九九五年時，羅吉哈夏(Ashish Rajadhyaksha)與威勒曼(Paul Willemen)兩人雖然也曾合作編纂《印度電影百科全書》(*Encyclopaedia of Indian Cinema*)，附有印刷精美的照片及插圖，可是文字上卻不僅過於主觀，全篇術語充斥，而且資料上謬誤亦多，不可不謂遺憾殊甚。

也因此當加爾加(B. D. Garga)的新作《如此多的電影》(*So Many Cinemas: The Motion Picture in India*)，最近開始在倫敦書市發行以來，立即引起了不列顛讀者的廣泛注意，畢竟英國是印巴移民數量最龐大的國度之一，而加爾加本人又是最早肯定薩亞吉雷對印度電影所做貢獻的影人，曾在一九六三年間拍攝過一部有關薩亞吉雷的紀錄片，備受好評。

值得一提的是，加爾加似乎是一個非常懷舊的人，呈現在《如》書之中，全書便有將近一半的篇幅都把焦點放在二十世紀初期的印度電影發展，至於作者對默片及早期有聲影片的熱愛，更是處處流露在字裡行間。

《如》書相當難能可貴地蒐羅到了一些稀有的畫面資料，如女影星戴薇(Padma Devi)一九三三年時的劇照，便是其中一例。步入中年的戴薇曾於一九五八年時主演了薩亞吉雷的「音樂室」(The Music Room)一片，再過二十年後，年邁的戴薇又在薩亞吉雷的「中間人」(The Middleman)片中擔綱，確是位實力派的好演員。其他的珍貴圖

像還包括最早的製片人之一托爾尼（Gopal Torney）、默片時代印度最受歡迎的男影星比利莫瑞亞（D. Billimoria），以及甘德哈瓦（Bal Gandharva）男扮女裝的劇照……等。托爾尼曾於一九一二年時製作了第一部影片；至於甘德哈瓦，由於早期的印度電影不准女人演戲，所有的女角一律由男演員反串，結果有頗長的一段時間，甘氏在電影中的裝束往往成為帶動印度女性時裝潮流的先驅，同時他在銀幕上所顯現的魅力，也風靡了不少男性觀眾！此外，《如》書中還收藏了為數可觀的電影海報、廣告傳單……等印刷品，從第一部有聲印度電影，一直到九〇年代期間打進國際市場的各大印度鉅片，簡直應有盡有，更大大提昇了本書的可讀性及參考價值。

默片時期無疑的是全球電影史最為重要的啓蒙階段，自一九一五至一九三〇年間，正當全世界無數導演、攝影師……等嘗試探索電影的語言之際，許多電影史上最擅於表達的藝術家們，也便是在這個時候陸續問世。這個現象在印度也不例外。雖然這些印籍電影元老們或許不像同時期的西方電影大將那般享有遠播的盛名，但他們的成就卻不應受到忽略。

首先不得不提的是佛可（D. G. Phalke, 1870-1944），他是印度電影真正的創始人，於一九一三年時完成拍攝了第一部有劇情的印度影片；其次是盆特（Baburao Painter, 1890-1954）與尚特朗（V. Shantaram, 1901-1990），後者固然是默片界數一數二的重量級導演，前者卻是栽培尚氏成功的名師；另不可或忘的還有鞏固利（Dhiren Ganguly, 1893-1978），亦即印度喜劇大師；第五位則是艾拉尼

（Ardeshir M. Irani, 1886-1969），他是將聲音及彩色引進印度影壇的第
一人。

　　從談論上述人物的章節中，讀者對加爾加於印度電影史開頭四十
年的博學多聞不禁印象深刻，不過可惜的是，從早期有聲影片結束之
後，作者對印度電影的熱情卻彷彿就此熄滅了似的，連帶的，原本有
意從中學習關於現代印度影片知識的讀者，也只好頹然放棄此一希
望。

　　舉例來說，《如》書花了不少的篇幅談論大眾電影，但對這類影
片中具有舉足輕重分量的音樂及歌曲，卻只是輕描淡寫。殊不知正如
印度專欄作家席西（Sunil Sethi）所曾指出的：「首席女聲曼格胥卡
（Lata Mangeshkar）爲電影所唱的插曲、主題曲，就好比我們想到甘
地（Mahatma Gandhi）時便想到他所穿著的纏腰白袍，或者想到泰戈
爾（Rabindranath Tagore）時便想到他的一部大鬍子般，已經成爲印
度電影整體的一部分了！」換句話說，或許加爾加不見得要像印度廣
播記者馬強達（Drani Majumdar）所建議的那樣，至少投注一整個章
節的工夫，討論歷來重要電影作曲家、撰詞人、幕後主唱者……等爲
主流印度電影做出的貢獻，可是基於音樂在印度影片中所占有的獨特
地位，加強影片音樂發展的介紹，應是有其必要。

　　除此之外，雖然加爾加在書中也觸及了女導演以及女性主義對現
代印度電影的影響，卻十分浮光掠影，未曾提出更獨到的見解。其
實，即使到了九〇年代末期的今天，在絕大多數的印度主流電影（或
稱通俗電影）之中，女人的角色多仍只停留在三種層次：犧牲自我的

偉大母親；受害的姐妹；或者西化過深，需要受到馴服、矯正的女朋
友。從印度主流電影以及該社會文化價值觀的互動之間，隨處可見的
是有待作者深入探討的多重課題。

　　最後，猶如本文稍早所曾提及的，加爾加對薩亞吉雷相當推崇，
同時與薩亞吉雷也有過密切的接觸，因此當他在《如》書中以特別的
章節專講薩亞吉雷的成就時，讀者難免寄予厚望，期待在書中對大師
的作品有更多的體會。然不知出於何故，加爾加僅只重複引用影評人
凱爾（Pauline Kael），以及傳記家羅賓遜（Andrew Robinson）兩人的
資料與詮釋而已，真是令薩亞吉雷的影迷們大失所望。

　　歸根結柢，如果就書論書，加爾加的《如》書可以說是一部前後
比重相當不協調的作品，難怪許多書評人以為，本書後半部（即有關
七○年代以後的電影部分）並非出自加氏之手，因為不僅文字風格，
連對電影美學的品味前後都頗有出入。但是如果就書來論電影，那麼
對完全不熟悉印度電影的人們來說，則本書終究扮演了絕佳的導讀角
色，尤其在引領讀者暢遊印度默片及初期有聲片的階段，確是令人悠
然神往！至於本書的缺陷，則不僅提供了有志之士未來的參考，對於
有意整理台灣電影史，乃至中國電影史的專家們而言，又何嘗不可引
為殷鑑呢？

五十歲的古典音樂廣播網

在傳播科技日新月異的今天，有線、衛星等新媒體的快速竄起，使得研究傳統電視議題的專家，不知不覺間彷彿已在胸口被貼上了「落伍」的標籤，更遑論專門探討收音機調頻／調幅廣播電台的學人了！

也因此對於所有喜愛古典音樂、對收音機情有獨鍾，乃至對英國廣播協會節目設計感到好奇的讀者們來說，亨福利・卡本特（Humphrey Carpenter）最近出版的這本著作──《世人之羨：BBC第三類節目與第三廣播網五十年》（*The Envy of the World: Fifty Years of the BBC Third Programme and Radio 3*），不啻是一份難得的意外之喜，而全書文字之清新優雅、敘事之流暢易讀，則更使人在翻閱之際，體會無窮的樂趣。

建台至今已有七十多年的BBC，是一個極其龐大的組織，既製作收音機節目，也擁有電視頻道，除了境內廣播電視系統之外，還針對全球其他說英語的人口提供另一套截然不同的廣電服務（BBC World Service），而近來更在英國政府的許可下，邁開大步跨向衛星與數位電視的紀元呢！

不過BBC畢竟是由收音機服務起家，因此新的發展並未轉移協會對廣播部門節目品質的投注。整體而言，BBC在不列顛境內設有無數

的地方性廣播電台，至於全國性的廣播網則共有五個——第一廣播網主要是流行音樂頻道；第二廣播網的特色在提供聽眾輕型娛樂；第三廣播網以古典音樂的欣賞、推介爲主；第四廣播網的重點在於談話性節目，包括時事評析、廣播劇、專題介紹、聽眾討論等；第五廣播網的焦點則放在現場報導。另，雖然這五個廣播網也都播報新聞，但播報時間長短不一，時段也彼此錯開，可以說是對聽眾細微而貼心的安排。

二〇年代初期，BBC在第一任執行長（Director-General）約翰・雷斯（John Reith）的呵護下成立，由於雷斯認爲廣播具有道德教化的責任，因此他期許廣播精英設定高品味的標準，藉以提昇聽眾的水平。

這個帶有強烈父權色彩的節目哲學，於四〇年代中期受到英國民眾嚴重的質疑與挑戰，於是雷斯的繼任者威廉・哈雷（William Haley）在二次大戰結束後，肯定了廣播和大眾文化間的互動，首次將BBC的服務規劃成國內（Home）、輕鬆（Light），以及第三類節目等不同內容，而隨著時移勢轉，這三類節目型態各自豐富擴充，終於演變成今天的第一、第二及第三全國廣播網。

卡本特《世人之羨》一書既旨在爲第三廣播網五十年來的歲月下註腳，對於BBC早年的經驗自有巨細靡遺的交待。然而難能可貴的是，作者在追溯第三廣播網的陳年舊事時，未曾或忘目前檯面上各種對「公共服務」（public service）廣播電視本質的爭議，因此讀者不僅看到了第三廣播網數十年來節目設計的來龍去脈，在今昔對比之下，

許多似乎是因為新媒體才被挑起的新問題，也通通顯現了歷史的痕跡。

　　長久以來，由於精選的音樂、上好的錄音，以及真正的方家主持製作等因素，BBC第三廣播網是高「耳味」的聽眾們絕佳的心靈宴饗。在新式科技如雨後春筍般拓展的新世代裡，英倫廣播界能以最好的技術，傳達最美的聲音與有深度的內容，使得空中瀰漫一片蓬勃之氣，也證明了廣播文化不見得已經「過時」。畢竟，誠如卡本特所言，無論科技再怎麼進步，傳播事業仍是人與心的事業——《世人之羨》的具體檢證令人欣慰，也引人無限深思。

資訊世界的到來

　　隨著二十世紀的結束，人類的歷史也正面臨著空前劇烈的轉型階段，一個以資訊科技為核心的科技革命，正在快速地重新塑造著人類社會的物質基礎，全球化經濟的消長，徹底轉變了國際政治的體質，資本主義及社會主義的解構與整合、勞資關係的重新定義與互動，甚至犯罪活動與犯罪組織的全球化及資訊化……等，在在預言著下一個千禧年的到來，將是與人類過去所曾經驗的一切截然迥異的新時代！

　　被譽為具有馬克斯氣魄的社會學者曼紐爾·卡斯托，耗費五年的光陰，直到一九九八年才完成了「資訊時代：經濟、社會與文化」三部曲（請參見〈千禧年書潮〉一文），為高科技文明所引爆的新意識形態，提供了新的哲學詮釋與理論憑據，從而成為了矽谷（Silicon Valley）高級總裁與電腦怪傑爭相推薦的搶手貨，咸認「資訊時代」為電腦和資訊媒體工業填補了認知上的真空。

　　由於現代社會愈來愈密切地環繞著網路（Net）和個體（Self）這兩個極端而組構，我們今天所處的，顯然也是一個充滿了矛盾的世界，科技先知們不斷向渾沌的大眾預告著沒人能懂的基因和電腦邏輯，後現代文化和理論則促使了沉迷於其中的群眾去擁抱所謂歷史的終結，乃至理性的終結，使人們放棄推理、分析的意願和能力，盲目地接受對人類行為全然「個人化」的解釋，及至人類社會對其未來命

運的「無能爲力」。

　　然而卡斯托卻是理性的信徒，正如他所坦承的：「我相信具有意義的社會行動及轉化政治的潛能，但不掉進完美烏托邦的死胡同。我相信自我認同解放的能力，但不接受它非得是個人主義或原教徒主義二擇其一的詮釋。我假設所有時代動盪的主流儘管造就了混淆迷惑的新世界，但是它們之間的互動，正是我們對之解析認知的契機。我相信智性的解析雖然曾造就了許多悲劇的失誤，觀察、分析理論建立卻可以促進一個更美好的新世界。」因此他的創作動機並不是要提供答案，因爲每個社會獨特的解答都必須由自己社會裡的成員去尋找，而是要提出一些相關的問題，期能從諸多知識的範疇中，爲人類在思想上集體的、分析的努力做出適度的貢獻，並在既有的證據和可探測的理論基礎上，試圖去瞭解未來的世界。

　　在這樣的著述理念之下，卡斯托選擇了資訊科技革命做爲切入點，雖然他並不認爲新社會的面貌與過程只是一連串技術革新的結果，但他認爲技術與社會根本是不可分的，如果沒有了技術工具，我們便難以瞭解、呈現一個社會的特質，因此當資訊科技正穿透著人類活動的每一個層面之際，由此開始分析今天正在逐漸成形的一種新經濟、社會及文化複雜綜合體，毋寧是相當符合研究邏輯的一個選擇，而這也是《網路社會的興起》（*The Rise of the Network Society*）一書，成爲「資訊時代」揭開序幕之作最好的理由。

　　眾所周知，電腦網際網路（internet）其實是六〇年代期間，美國國防部爲了防止蘇聯統治全球，並在核戰中摧毀美國一切傳播工具而

發展出來的構想，不過也正如其發明者一開始時所希望的，今天的結果已演變成了一個龐然巨大、無法由任一中心全盤控制的網路建築，成千上萬自主自治的電腦網路，突破層層電子障礙，經由難以計數的管道彼此聯結、互通聲氣，同時網路的使用早已遠離了冷戰的主題，而是爲了一切可能的目的。更進一步說，卡斯托認爲帶動網路社會的，並不只是人性貪婪的動機，而更是一種實質的價值體系。

但不容否認的是，正當資訊科技似乎正將世界整體合成一張全球性的大網，電腦中介的傳播技術也一再向我們呈現各種虛擬的地球村模型時，九〇年代最明顯的社會與政治趨勢，卻是建構在人們對於原始身分的一種認同過程中——這個身分認同可能源自於歷史、地理、種族的歧異，也可能源自於對生命意義或精神層次的積極追求，然無論如何，在今天這個財富、權力、意象不斷跨國流動的世界裡，個人或集體對於身分認同的追求，已經成爲一種最根本的社會意義。於是隨後在《身分認同的力量》（*The Power of Identity*）書中，卡斯托所指出的，是父系家庭與國家機器這兩大傳統社會的支柱所正面臨的危機，以及在這個同時正走個全球化及支離化的世界中，網路和個體之間微妙的互動。

而到了《千禧年的終結》一書時，作者則嘗試將前兩冊的討論過程，運用到對現代世界轉型的解釋上，將古老中國的歷史和蘇聯集團瓦解背後的意識型態加以對比，並對下一世紀是否眞將成爲「太平洋世紀」，以及歐洲步上整合之途的優勝劣敗，都提出了獨到的見解。此外卡斯托也承認，資訊時代固然打破了傳統致富的社會階層結構，

另一方面卻也造就了新的社會分配不均，亦即所謂「第四世界」的興起——這將是一個因科技過度發展、社會發育不良而形成的鴻溝，貧困、知識程度較低的階層不但不能成為資訊世界的受益者，反將受到新社會嚴重的排斥，將是人類邁進新世紀時所必須正視的嚴肅課題。

每個時代都需要思想的導師，一九四二年出生於西班牙的卡斯托，是不是二十世紀末最好的註腳，或許仍有待時間的見證，不過足跡遍歷法國、加拿大、墨西哥、挪威、台灣、香港、莫斯科及美國各大洲，及至一九七九年才委身柏克萊大學社會系的他，由於建立了資訊社會的理論基礎，無疑已稱得上是資訊倫理的思想先驅。

尋找華人生命力

　　隨著千禧年的到來，所謂「中國人的世紀」是否也即將到來了呢？因應這個思想趨勢的成形，反映在歐美學術圈中，我們發現不僅對「中國」的研究熱度日漸升高，向來對「台灣」頗為陌生的不列顛學界，也已開始對寶島產生深層關注，甚至連「海外華人」這樣的議題，都已成為了今日大西洋兩岸學者們矚目的焦點。

　　英倫出版界龍頭之一的麥克米倫公司，一九九八年在英美兩地同步推出《歐洲的中國人》（*The Chinese in Europe*）一書，便是在此背景下產生的，編撰本書的兩位作者——葛雷格‧班頓（Gregor Benton）與富蘭克‧派克（Frank N. Pieke），分別為里茲大學（University of Leeds）及牛津大學（University of Oxford）著名漢學家。班頓的專長在於中國共產黨史，近來轉移注意力到歐洲的華人社區；派克的研究重點則一向便在當代中國社會，以及關於歐洲華人的範疇裡。

　　中國人可以說是歐洲最早的移民者之一，以其現階段在歐洲各國的表現來看，也是各移民族群中數量最龐大、經濟實力最雄厚的團體，然而有關歐洲華人的研究，長久以來卻付之闕如，直到本書的出現，才有了第一部對此題材進行全面性調查的英語文獻，為什麼呢？

　　根據班頓的研究結果顯示，這極可能是出於中國人不喜歡受到太多注目的天性所導致，他們寧可在當地政府的忽略下自生自滅（或許

是因為他們認為政府機構並不值得信賴的緣故），也不願過於招搖而引發成為眾矢之的危險。這個狀況直到最近幾年間才出現了轉機，首先是因為華人移民團體已趨成熟，足以培育出能夠明確表達社區關懷的華裔知識分子；其次是因為新一代的漢學家，總算打破了區隔漢學研究與其他社會學領域的無形疆界，因此不僅今天許多受到漢學訓練的學者們，皆已具備了社會科學的研究能力，同時不少社會學家也已開始學習中文，投入漢學的學術行列之中；第三，從宏觀的角度來解讀，則我們發現人類社會在改變，中國在國際間的地位也在改變。自從七〇年代起，除了華人遷移到歐洲的數目遽增外，對種族與多元文化政治的研究也方興未艾，在在刺激了學者對中國移民的興趣，開始以新的觀察視角切入華裔的問題。

換句話說，當歐洲華人的自我意識逐漸提升之際，歐洲政府對華裔自給自足所達到的驚人成就也已逐漸感到側目，另外再加上學術界的準備功夫亦已做好，於是這批在歐洲始終有如「隱形族群」的中國移民，終於走進了學術殿堂的聚光焦距裡。

《歐》書除了以各個章節分別論述華人分布歐洲各國的情況之外，更企圖將這些篇章聯結起來，以便呈現華裔族群與歐洲大陸的整體關係，進而探討華裔身分認同以及歐洲身分認同間的衝突與和諧之處。從學術的角度來看，本書同時為漢學界及社會學界開闢了一塊嶄新的研究天地，其價值自不待言；而對有志創造「中國人世紀」的華裔同胞來說，則本書拓寬了我們對華人生命力瞭解的視野，同樣稱得上是一部難能可貴的佳作。

說謊的照片

　　歷史固然是過去的事蹟，卻也是人類文明的導師，因此我們發現無論時隔多久，永遠有人不斷在對過去的歷史做研究，幫助我們從不同的角度更深入的理解現在的世界，以及未來可能面對的問題。

　　不過平心而論，很少有一本研究歷史的專著，能夠像大衛·金（David King）所推出的作品《消失的人民委員》（*The Commissar Vanishes*）一書般地教人一目瞭然，並且無論讀者的背景為何，都能在其心上引起巨大的震撼！

　　《消》書乃是照片歷史學家大衛·金，經過了三十年努力而完成的鉅著，以二百七十五幅珍貴的歷史照片與深入淺出的文字說明，揭露了蘇聯共產頭目史達林（Joseph Stalin）如何利用影像科技鞏固自己的政治地位、消滅其政敵的生命軌跡。以出現在封面的四幅圖像為例，原照本是一九二六年時，史達林與三位政黨同僚的合照，但一九四○年本照片出現在《蘇聯歷史》（*History of the USSR*）專書裡時，其中一位已被逮捕入獄，於是史達林甚至否認了曾經與之合照的事實；一九四九年本照片再度出現於《史達林簡史》（*Joseph Stalin: A Short Biography*）之中，又已有第二人受到剔除；最後當畫家根據原照片繪製油畫傳世時，則連第三位同黨也已遭受迫害，唯獨剩下史達林一人而已。尤有甚者，一旦當史達林在畫面上刻意抹煞某人的影像

時，這個人即使再功高厥偉，於蘇聯官方的歷史紀錄中也就立刻灰飛煙滅，有如從來不曾存在過一般，直教人不寒而慄！而這類事例，在大衛・金長期的蒐證、對照之下，簡直多得不勝枚舉，因此我們在翻閱本書之餘，不禁也便從恐怖而往往帶有悲劇性幽默的強烈意象中，對人類這段黑暗的歷史產生了深刻的透視，並對竄改歷史之易而大感震驚。

史達林雖然早已於一九五三年撒手人寰，但數代以來蘇聯人民所學習的卻始終都是史達林版的本國歷史，儘管五〇至六〇年代初期，赫魯雪夫（Nikita Khrushchev）也曾嘗試回復部分史實的原貌，但到了布里茲涅夫（Leonid Brezhnev）掌權之後，這些運動便又全然宣告徒勞無功，直至八〇年代末期，戈巴契夫（Mikhail Gorbachev）主政之際，這才又展開了全面性企圖揭發歷史真相，以便將蘇聯體制由史達林餘毒中解放出來的努力。

然而扭曲的歷史既然已經過了五十寒暑的遮掩，要將各種文件復原，其工程的浩大與艱難也就可想而知，也所以《消》書的難能可貴，除了在於大衛・金一人所獨力完成的考古功夫，更在於他所追蹤的時程、人物及地理範圍之廣，既為學有專精的讀者，也為一般的普羅大眾呈現出了一個被埋沒多時而可歌可泣的政治世界，難怪自從本書問世之後，無論是歷史學界、傳播學界，乃至曾為尋找當時第一手畫面資料而頭痛不已的電影圈人士，都要對金氏的成就百般推崇了。

輯三

小說選粹

在我所接下的各種個案裡，撰寫書評一直是我最喜歡的工作項目之一，不僅能夠免費閱讀新書，偶爾也有和作家直接交換心得的機會，真是令我受益匪淺！

　　也因此平實說來，在這裡所推介的作家和作品，除了是按照出版時間的順序排列，以及都有我個人感到值得書寫之處外，並沒有一個特別條理分明的系統或標準。換句話說，輯三裡所呈現的，是一種非常個人化的閱讀品味，既沒有深厚的「文學素養」，也沒有嚴謹的「治學邏輯」，更明白一點兒說，它所反映出來的，實在只是一個愛書人在看小說時「信手捻來」的態度，絕不敢有任何冒充「專業文評家」的企圖。

　　於是我在這裡也加進了兩篇高中時期發表的舊作（〈夢幻騎士的世界〉與〈曉風殘月〉），讓整個輯三更有一些「個人化」的風格，並將我在小說世界裡漫遊的一點心路歷程，與同樣愛書的讀者們分享。

夢幻騎士的世界

自從文藝復興時代，西班牙作家塞凡提創造了《唐・吉訶德》以來，這位「面帶憂傷的騎士」，便成爲了歐洲文學史上最生動、活躍的人物之一了！

《唐・吉訶德》裡的主角是位騎士小說迷，因耽讀太多騎士俠情故事而走火入魔，想要修道練武，成爲行俠仗義的現代騎士。於是他翻出古老的騎士裝束，騎上一匹瘦弱乾枯的老馬洛濟喃提（Rozinante），再請了一位忠厚老實的農夫桑鳩（Sancho Panca）擔任隨從，然後便大模大樣地出門離去，展開他的冒險，一路上幹盡了稀奇古怪的鮮事，不斷受人欺侮訕笑，還經常遍體鱗傷，讓關心他的人們擔心不已，最後終於在朋友們的安排之下，結束了這一趟荒謬的旅程。

唐・吉訶德可以說是一個精神不正常的病患，將整個世界幻化了，難怪在他的眼裡根本見不著一絲兒眞實的東西！又或者他像是一個玩家家酒玩得過了頭的老頑童，秉著一股「假做眞時眞亦假」的傻勁兒遊戲人生。然而不論是病態也好，是遊戲也罷，他一本正經爲「濟弱扶傾」的願望勇往直前，這態度卻也著實令人感動。「不錯，桑鳩，這就是人生！」吉訶德的精神就是見義勇爲的精神，也就是騎士們奉爲金科玉律的俠義道精神。

　　眾所周知，塞凡提當初創作《唐·吉訶德》時的動機，只是為了對當時應運而生，風行卻荒唐且千篇一律的騎士小說加以諷刺，但是塞凡提豐富的生活體驗與對人性的深刻洞察，使他把主人翁渴望崇高事物而毫無畏懼的熱情，塑造成了一種幽默中令人感傷，同時又帶有神秘質素的典型，結果完成了這麼一部永垂不朽的名著，使我們在讀完本書之後，忍不住產生諸多疑問和困擾：究竟本書是騎士精神的諷刺漫畫？還是維護騎士道最具說服力的雄辯？是譏嘲夢想家？還是對夢想的捍衛？是作家心靈的主觀寫照嗎？還是他對世界客觀的探索？是瘋狂的追尋？還是超越的清醒？……。

　　對於唐·吉訶德悲慘的命運，以及他用一腔熱情所編織而成的滑稽生平，作者曾有萬千感慨，他說：「唐·吉訶德是為了我一個人而誕生的。」由此可見，作者正是寓自己於吉訶德中，同時也描繪出了夢想滿懷者的共同投影——換句話說，夢幻騎士的世界，正是塞凡提的世界，也是滿腔熱情、滿腔夢想的人們的世界。

　　我覺得唐·吉訶德其實跟我們的孔老夫子有一些雷同的地方——都是堅持原則最有力的典範。他們最大的不同，除了一個是虛擬的角色，一個是真實的歷史人物之外，更重要的是在他們對於自己所扮演角色的抉擇上——一位是「夢想家」，一位是「理想家」；一位因氣壹而動志，一位以志壹來使氣；一位完全用自己夢想的角度來觀看世界，一位卻始終沒有喪失現實者的眼睛。

　　在理想與現實的挑戰下，人類本有許多內蘊的矛盾因素，例如對社會的反抗與接受，對英雄的嚮往和懷疑，以及創造烏托邦的熱情與

和現實的妥協等，都是不容忽視，也無法忽視的問題。不過人類畢竟還是一種精神體，一旦失去了抱負跟目標，便只得在原地枉自打轉或掙扎；唯有活在現實之中為理想奮鬥，才能使人生大放異彩，正是「知其不可而為之」的精神，激發出了人性可貴的尊嚴。

　　《唐・吉訶德》是近代西方文學長篇小說的開山鼻祖，對後世的文學創作影響深遠，書中除了冷淡的揶揄之外，更蘊涵了無窮無盡的美，使我們能夠深切體會：生命本身不就是力量和光輝嗎？難怪有人說：「塞凡提創造了騎士小說中最美的作品，也創造了最後一本騎士小說。」

曉風殘月

　　西元一七七〇年至一七八〇年間，正是德國文學史上有名的狂飆運動期間，而歌德的《少年維特的煩惱》成於一七七四年，是這個時期最具代表性的作品，德國文學因這部傑作而登上了世界文學的舞台，它同時也帶動了英、法浪漫主義的興起，「維持」幾乎成了當時所有德國青年模仿的對象，在他們看來，這部小說具有無比的美與力，更具有將熱情轉化為實際行動的決心。

　　作者歌德的才華在此時開始展露鋒芒，他在這一時期的抒情作品中，總是洋溢著對真實的生動感觸，在壯麗雄偉的大自然面前，在喜怒哀樂的人性面前，他習慣極其「傷感」式的自我表白。

　　《少年維特的煩惱》便是用這樣的筆法，描寫一位才華出眾的少年，由於不願隨俗、不肯妥協，從而在他周遭庸碌的環境裡，找不到一個適以安身立命的地方。維特洞悉自然與生命的本質，認定人只有在情感和思維之中，才能抒發自己最鮮明活潑的生命力，因此，當他發現了夏綠蒂這麼樣一位質樸深情的姑娘，幾乎就是自己意志世界完美的具體形象時，他便情不自禁地湧現了如歌似夢的熱烈情懷，偏偏夏綠蒂卻早已有了未婚夫，於是這對註定無緣的少男少女，終於譜出了一首深刻動人的戀曲，有如曉風殘月般真實而淒美。

　　以書信體寫成的《少》書中，生趣盎然的自然之聲，與戕害天性

的庸俗頑愚形成了強烈的對比。藉著維特的筆，歌德呼喊道：

「人類若不忙著運用想像力老是去回憶過往的痛苦，而不肯承受平凡的現況，他們的痛苦一定會減輕許多。」

在黃昏暮色的籠罩下寫道：

「世界在我眼前愈來愈暗淡，天地也和親友的形體一樣，深深吸入我的靈魂之中。這時候我常滿心渴望，並且思忖道：啊！但願我能在紙上寫出心中溫暖而充實的生命，那麼紙上的作品就成為我靈魂的明鏡，正如我的靈魂是永恆上帝的鏡子！朋友——可惜我辦不到，我只能對眼前呈現的光彩心悅誠服。」

「人類都大同小異。大多數人整天工作謀生，僅存的一點時間反而不知道如何是好，於是他們想盡辦法來消磨時間。唉！人類的生命真是苦哇！不過，他們可真是高尚的人類啊！」

「我們可以舉出不少例證來支持法規……照規則來塑造自己的人，也絕對不會產生低俗的作品……但是，不管人們怎麼說法，規則難免破壞自然的真感情和真表現。」

難怪他要如此激動地說：

「為什麼天才的清溪很少湧現，很少化為高大的怒濤，震撼你疑惑的心靈。吾友啊！因為兩岸住了不少冷靜的傢伙，他們怕樹木、花朵和菜圃遭到破壞，於是按時築堤、排水，把預期的危險擋住了。」

又說：

「世上還有些價值的東西原已不多，竟會有人對於這些東西也沒有瞭解和感情，我真氣得要發瘋了！」

　　山川絢美，那繁花錦簇的春日，綠蔭濃深的夏季，落葉蕭蕭的秋天，以及寂寥暗淡的冬景，都曾一起一落地拍擊著維特的心弦，而隨著維特心弦的鳴奏，也深深撼動了讀者的情感。當心弦已然止息，餘音迴盪卻仍久久不息，愈傳愈遠……愈傳愈遠……，終至靈魂最深處……。闔上書頁之際，感覺一股猛烈的激情在胸懷澎湃不已，翻來覆去不知想過幾回，提起筆來也不知又放下了多少次，只因為不願魯莽行事，玷污心底那一片靈明的天地。那感覺恰似一杯清香而濃醇的酒，令人無法淺嚐即止，而在深酌之後，卻又要醉得不醒人事！

　　有人說《少年維特的煩惱》是一幅一幅心靈的圖畫，一章一章情感的樂音，確實深得我心。它代表了一種青春、和諧的人生意義，拓展了人的視野，也明澈了人的目光。我們可以隨著日期的推移，歷經四季時令所譜出的時序之歌，感受到自然界萬象與維特心境的呼應唱和，因此，讀到他激烈的慕情變成幻影時，他悲痛的自禁和自盡，真是令人久久無法釋懷！難怪拿破崙曾將本書讀過七回，甚至遠征埃及時也要帶著同行，在金字塔下細心展讀。

　　少年維特的煩惱，即少年歌德的煩惱，甚至也是每一位較為感性的少年讀者的煩惱。這部作品反映了狂飆運動時代的尊重感情與自我覺醒，同時也幫助了歌德超越自己感情上的危機，將自己提昇到一個更高的境界，從而得以擺脫少年情愁的陷阱，把內在生命的動力，指向一個更為穩定的方向。歌德創造了維特───一個為自己行為作主的少年──除了述說傷感，更指出了治療傷感的途徑。縱使也有人對維特的方法不表贊同，不過這是由於歷練的不同與人生態度的迥異所

致，提供的是另一種方式的思考。就歌德的創作歷程而言，也因為經過這場文學運動的洗禮，深深自覺於回歸自然的深厚涵蓋，並將一切體驗昇華，從自我內在的反省與感動中，尋求創作的泉源，於是歌德的詩才從此得到豐足的滋潤，不斷成長。

放眼觀世界萬物，宇宙天地，儘管不屬於憂鬱世界的子民，但是偶爾略動真情的體認，倒真能發現另一個嶄新的天地。以這番心情來面對人生時，讀首短詩即如一篇動人的故事，看則短語即如一片芬芳的智慧，唱支短歌即如一個美麗的祈願——一個美麗而堅定的小小祈願：即使人生是曲哀歌，我也要唱得有聲有色。

查泰萊夫人與D.H.勞倫斯

　　還記得高中畢業典禮那一天，三五好友們相偕了去看電影「查泰萊夫人的情人」（Lady Chatterley's Lover）。那時候電影分級制在國內才實施沒多久，一想到「限制級」的電影，心裡便有無限好奇！結果後來「查」片劇情中令人臉紅心跳的畫面，固然滿足了青少年時期的小小狂想，片中所呈現的獨特氛圍，卻使我對隱身其後的作者產生了更深的興味。

　　D.H.勞倫斯這位不列顛倍受爭議的小說家、詩人兼評論家，原是礦工之子，從諾丁罕大學畢業後，擔任過一段時間的教職，一九一二年與一位教授的德籍妻子私奔至義大利，兩年後方才返國成婚。勞倫斯對於戰爭的憎恨，使他在第一次世界大戰期間，對新婚夫人的德國血統格外難以調適，由此將全副心思寄情於文學創作，而

D.H.勞倫斯博物館，乃是由作家出生故居改造而來；蔡明燁攝影。

D. H. 勞倫斯出生地諾丁罕郡（Nottinghamshire）的小鎮東林（Eastwood）一景；蔡明燁攝影。

在一九一五及一九一六年，分別完成了他最偉大的作品《虹》（*The Rainbow*）以及《戀愛中的女人》（*Women in Love*）。

　　一次大戰結束後，勞倫斯夫婦開始環遊世界，作家並以其旅行經驗爲基礎，寫了不少膾炙人口的佳篇，如《迷失的女孩》（*The Lost Girl*），背景是義大利；《袋鼠》（*Kangaroo*），靈感來自澳洲；而《炫耀的蛇》（*The Plumed Serpent*），則由新墨西哥取材。直到一九二五年勞倫斯終又回到歐洲，寫出他最後一部長篇小說《查泰萊夫人的情人》，可惜本書跟他早年的作品如《虹》、《戀》等創作命運相同，一九二八年甫出版即遭查禁，遲至一九六一年方准在英國印行。一九三〇年時勞倫斯因肺結核病逝法國，享年四十四歲。

　　縱觀勞氏一生，他的藝術、評論、詩乃至教學等生涯，彼此息息相關，倒令後人難以定評，究竟他的哪一項成就更高一些？不過《虹》與《查泰萊》兩部作品中對性的大幅描寫，確使早幾代的讀者對勞倫

斯頗有誤解，並因而低估了勞氏作品的價值，及至晚近，D. H. 勞倫斯才普遍被接受爲一重要的現代小說家。此外，勞倫斯也是第一位眞正出身於勞工階級而在文壇上享有一席之地的英國作者，這使他對各階層眾生相有獨到的深刻瞭解，現諸筆端，於是他的作品對英國社會的矛盾，也便常有一針見血的批判。

　　D. H. 勞倫斯最傑出的文風之一，是利用自然環境寫實而又具象徵意義的描繪來呈現經驗與心理狀態，達到比平鋪直敘更貼切、生動的效果。此一元素不僅在他的小說中俯拾即是，在其詩、散文、評論文字中，也隨處可見！《查泰萊夫人的情人》故事一開始，靜穆深沉的瑞格比華廈彌漫著一股滲透人心的孤獨與疏離，用以突顯主人翁克利佛、康妮、莫勒斯等三個寂寞的靈魂，便是勞倫斯的典型風格。

　　表面上《查》書敘述的是一個紅杏出牆的始末，克利佛因戰火而半身不遂，大戰終了後，與美麗的康妮完婚，在瑞格比華屋過著半隱居式的生活。克利佛在日常起居上對康妮極其依賴，卻又只醉心於煤礦事業的發展和開採技術的研究，使愛好自由的康妮，幾乎因這種單調陰鬱的日子而窒息，雖然她盡力想扮演「好妻子」的角色，無形中卻感到與丈夫的距離愈益遙遠，同時克利佛對礦工霸道統御的心態，也使康妮對他漸感厭惡，於是康妮終於和守園人莫勒斯發生了感情，繼而懷孕。克利佛不願相信妻子竟會和一位身分地位如此懸殊的人發生關係，辭退了莫勒斯，並且拒絕康妮離婚的要求。整個故事以莫勒斯給康妮的一封信做結——於他們的短暫分手中，莫勒斯在一個農場工作，康妮和姐姐遠走蘇格蘭以等待孩子問世，兩人懷著希望期待離

婚協議早日達成，一家人早日團聚。

　　透過小說的形式，勞倫斯所要歌頌的是人間眞正的愛情，以及肉體和精神合一的重要。在橡樹林覆蓋的小屋裡，康妮獲得了靈魂的養分，滋潤了將近枯竭的生命力，也尋得了勇氣忘卻那種受支配，連思想心意也無交流的絕望；莫勒斯則找到了他所渴望的眞愛，既非天眞、不切實際的愛，也不是過於強調肉慾，把性視爲引誘或懲罰工具的愛。在超越了階級差距帶來的心理屏障後，康妮和莫勒斯以平等的態度彼此相待，建立起一種融和了溫柔、激情、互敬的關係——而這正是勞倫斯所亟欲闡揚的愛的眞諦。

　　勞倫斯以浪漫而理性的筆觸，引領讀者觀照生命個體中的各種情思，藉以刺激兩性關係新的覺醒。其作品中性愛的描述雖多，卻不涉淫穢，恰如勞倫斯自己所坦承的：「這些文字或許會讓眼睛駭異，卻不會讓心靈震驚！」難怪勞倫斯的作品在歷盡世俗的爭議之後，終能在文壇上屹立不搖。

嘆息後的會心微笑

　　一九八九年時，英籍作家撒門‧魯西迪因發表《魔鬼詩篇》（*The Satanic Verses*）一書，遭到伊朗宗教領袖何梅尼下令追殺，於是魯西迪在文壇沈寂了一段時候，直到一九九五年才又以石破天驚的鉅著《莫耳最後的嘆息》，再度掀起一陣旋風！《莫》書自從問世以來，在英國精裝版小說的暢銷書排行榜上，始終高居不下，並非只是因為魯西迪盛名的號召，更是由於小說本身極度豐富的想像空間，以及作者大膽創新而又天馬行空的文字魅力──難怪不列顛當代的小說家們個個口服心服，一致推崇本書將會是部傳世之作。

　　《莫耳最後的嘆息》創造出一株龐大的家庭樹，那樣真實、立體，讀者幾乎可以一葉葉地翻看、觸摸：有的叉幹像黃金般耀眼，有的青澀，有的卻是一片晦暗，莫耳則是其中最特異的一枝，整個生命歷程彷彿錄影帶快轉似的──受孕四個月即成熟落地，八歲長大成人，三十歲時便已老邁凋零了！而整部小說便是莫耳死前所為自己譜成的墓誌銘。

　　在長達四百三十四頁的篇幅裡，身為讀者很難不在故事中尋找作者生活於「格殺令」（fatwa）陰影下的蛛絲馬跡，畢竟魯西迪自己就帶有小說色彩，他的個人事蹟總在世人口中傳誦。怪不得曾有一度，他為親身經歷掠美自己的創作成就而悚慄不安：「兩年前我陷入極端

低潮，因為我發現自己花太多時間和精力『做』事了——例如去會見柯林頓總統之類。然而寫作終究才是我的本職，如果我因著爭取所謂的言論自由，結果忽略，甚至喪失了駕馭文字語言的能力，豈非是我個人最大的失敗？」在一九九六年間的一次訪問中，魯西迪坦承道：「那時我便決定放棄一切活動，再次以寫作為生活唯一的重心。」

　　《莫》書便是在這樣的痛定思痛後潛心寫就的。在塑造莫耳時，魯西迪並不以自己為模型，小說情節的發展也海闊天空，自成一格，不過《莫耳最後的嘆息》之所以成為今天的面貌，到底受作者的藏匿式生活很大的影響：「這是我最痛苦的寫作歷程，我第一次感受到自己是個被放逐的人！」因此《莫》書的文字是深具悲愴感的，帶領讀者穿梭於莫耳家族四代以來荒誕而綺麗的悲喜劇，最後進入一個所有文化融合為一卻正消失中的世界，猶如一首對末世紀的哀歌，但同時也是禮讚……。

　　此外，莫耳家族與魯西迪家庭史之間雖沒有共通之處，《莫》書的靈感卻淵源於作者年過八旬，現定居巴基斯坦祖國的母親——十多年前魯西迪收到一位印度傑出畫家的來函，指出許久前曾為作家之母繪像，但因作家的父親極不滿意，便把作品退回給了畫家。其時畫家仍貧寒，只得在畫像上刷過其他底彩，以便重新使用帆布，而現在這幅有作家母親肖像襯底的畫作，已不知流落何方了。

　　這事實令魯西迪非常困擾——在世界的某個角落，有母親失落的畫像。他說母親年輕時非常美麗，而父親之所以不喜歡那幅畫作，便是由於肖像太具挑逗性了！於是魯西迪擬塑了莫耳之母——歐羅拉，

一位美麗、性感、殘酷而又著名的畫家，而莫耳對歐羅拉遺失肖像的尋訪，便成了小說推展的動力。

《莫耳最後的嘆息》同時也反映著魯西迪個人的生命哲學：「我寧可要輝煌的失敗，不要保守的成功。如果不冒險，永遠做不出有趣的事情來！」因此讀者至少可以看出《莫》書有四個冒險的蛻變：由邊緣地帶一下進入大都會；由上流社會突然深入核心，旋即又跳離框架，遠赴異域；以及作者企圖用文字捕捉住一位畫家與其作品的形象，也是他的首次嘗試。──爲了要達到這些目標，魯西迪避免了一般小說按時序發展的寫作方式，改由中間寫起，對作家本身來說，更是大冒險與挑戰。

但這一切的辛苦耕耘，總算有了豐碩的成果。魯西迪不諱言創作過程的艱辛曾使他不得不時斷時續地工作，但全書進入最後階段時，他感到思如泉湧，每天幾乎可以寫作十四個小時之久！他說：「那是我畢生最振奮的經驗，因爲我知道自己正在寫出我所渴望成就的偉大作品！」這樣的自我評價，對不瞭解魯西迪，以及尚未品嚐《莫》書的讀者而言，也許顯得自大。不過自信實在是魯西迪求生的必要元素：自知、自信寫出了成功的作品，使「格殺令」的威脅變得容易忍受，也使他能夠繼續勇敢且誠實地寫出心中所想。至於《莫耳最後的嘆息》，這本被魯西迪自己形容爲「探討愛的本質」的著作，具有壯麗的構思，也有最富野心的實驗技巧，悠遊於現代印度與一四九二年以來的格瑞納達廣漠之間，是一幅巨型歷史油畫，充塞著豐富多樣的人性，交錯著眞實與虛構的世界，被譽爲二十世紀末最偉大的創作小

說之一，恐怕是一點兒也不爲過的（請參閱〈書海生輝布克獎〉一
文）。

戰爭與和平的省思

一九八〇年代中期，一位美國記者對英國女作家芭特・巴克單刀直入地提出一個問題：「妳覺得自己在文壇的地位鞏固了嗎？」那時的巴克才剛出版了第一部小說《聯合街》（*Union treet*），描寫位於北英格蘭鄉間一群與貧窮和死亡搏鬥的妓女們的悲喜。《聯》書問世後曾激盪出不小的漣漪，好萊塢甚至買下版權，將姊妹淘們移居到波士頓，然後把故事大幅改編，拍成 "Stanley and Iris"，由影星勞勃狄尼洛（Robert De Niro）與珍芳達（Jane Fanda）在片中充分發揮他們的政治良知。所以，巴克雖然對作品在大銀幕上的質變頗感失望，卻也因而在英、美兩地的書市小有文名。

面對記者這樣坦白的質疑，作家當時的回答是：「我在構思作品的時候，幾乎從來沒有想過『地位』的考量，而只是想確信自己的每一本書，都能有不同的角度，也盼望自己能夠承受最大的挑戰。」

經過十年的潛沈，以及《聯合街》外六部小說的磨練，芭特・巴克終於以《鬼之路》一書，成功地達到了這份理想！事實上，《鬼之路》不僅是巴克本人截至目前為止最高的成就，也是任何一位小說家所可能面臨到最困難的一種挑戰。

《鬼之路》是巴克「一次大戰三部曲」中的最後一部——前兩部分別是一九九一年完成的《再生》（*Regeneration*），以及一九九三年

寫就的《門裡的眼》（*The Eye in the Door*），兩者均受到專家與坊間的一致好評。然而，當祖父的記憶啓發巴克撰寫《再生》的靈感之初，她並沒有將之分成三部曲的腹案，因此，當作家發現自己對一次大戰意猶未盡，決定再度執筆予以總結時，讀者們不僅期待她以相同的時代背景、題材、角色，三度創造出成功且能與前二部佳作媲美的小說，還要能把前者複雜、龐大的主題歸納出一個完整的意念，使得三部曲間起承轉合，分別看時各是獨立的創作，但合在一起參閱時，則各部之間承先啓後，果然是一個環環相扣、絲絲相連的完整系列。——難能可貴的是，《鬼之路》竟然做到了這一切，引領讀者在虛構角色和歷史人物間穿梭，進行深度的心靈之旅，而於潛移默化中，對戰爭所帶來的創痛做刻骨銘心的思考。誠如巴克所言：「在《再生》裡，我關注的是一次大戰本身對參與其事者身心的殘害；《門裡的眼》探討的是戰事前後期，社會無形而又冷酷的轉變；而《鬼之路》所提出的則是一個終極問題——爲什麼人類不能和平相處？爲什麼會有戰爭？」貫穿三部曲的靈魂人物，是史上確曾存在的軍醫雷夫司（W. H. R. Rivers），他具有人性、敏銳，且時時自省的療法彷彿一面鏡子，爲讀者反映病人的心象，乃至社會的病癥。《再生》是部以對話爲主的小說，檢驗的是軍官階層認爲英雄必須壓抑自我的情緒，從而對他們神經系統所造成的侵擾。諷刺的是，在全書開始不久，雷夫司曾很擔心自己的神經醫療中心，是否將會淪爲儒夫與逃兵的安息所？結果在《門裡的眼》所提供的舞台上，這些被社會誤解、歧視的低階小兵們，終於成爲雷夫司與作者心之所繫。

　　雷夫司有位病患比利‧派來耳（Billy Prior），雖非先天性聾啞，但過度的驚嚇卻導致了他無法言語。《再生》中，派來耳的病例只是提供了一些症狀的描寫；《門》書裡，讀者才發現原來在一次砲火轟擊中，派來耳一位粉身碎骨同袍的眼球，竟然彈跳到他顫抖不已的手心上！巴克對這一幕驚心動魄的描寫，使先前嘲罵派來耳儒弱的人們，先是錯愕、震撼，繼而瞭解、同情他的不幸遭遇……。

　　《鬼之路》仍然以比利‧派來耳的故事做主線，時序則已進入戰爭結束之後，因此更似一部悼輓一次大戰之作。在死傷枕籍的歐陸戰場上，讀者幾乎可以目睹無數難以安息的鬼魂在其間流連不去：戰爭期間，一批批被送往法國參加聖戰的士兵們，把自己視做「即將成鬼的人」；而戰爭之後，是一群群哀傷的家屬，試著在各種招魂大會上，與他們戰死的親友們再次交談……。

　　使《鬼之路》傲視其他所有類似題材作品的原因，在於巴克使被遺失的、隱匿的、壓制的歷史復活的能力。她讓在正史上湮沒的凡夫俗子們有了血肉與靈魂，讓在文獻中模糊記載的平凡生命閃閃發光。巴克曾藉雷夫司之口，發出「歐洲文明墜落」的浩嘆，但同時巴克又給了雷夫司更高的觀照，認為要徹底體會一次大戰的慘酷，首先必須跳出西方歷史與思考模式的框架。

　　為了達到這個目的，巴克賦予雷夫司早年曾在各原始部落間旅行的經驗，然後將這些熾熱的回憶，與比利‧派來耳英雄式地回到出事壕溝中的情節交織成網，直到讀者幾乎透不過氣來！巴克深入淺出的文字易讀而雋永，感人至深的魔力，或許會使大多數的讀者認為這是

一部悲劇——然而，與其說《鬼之路》是悲劇，不如說整個「一次大戰三部曲」是一首壯麗的史詩，尤其在整部系列的結尾篇頁中，曾在書中出現形形色色的肖像，再一次在讀者眼前羅列，彷彿封神榜上眾家英雄的再現，呈顯出豐富的意象，以及完整而深邃的意義，動人之外，更使讀者感到充沛的智慧與強韌的支持力量。

　　芭特・巴克以《鬼之路》獲得一九九五年度大英國協「布克獎」的殊榮，實非僥倖所致。作家對自己在文壇的地位雖然不予置評，但「一次大戰三部曲」這套二十世紀末英國小說的重量級著作，卻必將使巴克在英語文學圈中，長久占有一席之地（請參閱〈書海生輝布克獎〉一文）。

失落的伊甸園

　　一九九七年間美國女作家何默思所著《愛麗絲的末日》一書，由於試圖從一位謀殺了十二歲少女愛麗絲的罪犯角度，描寫戀童症患者對於性、兒童、暴力等禁忌的詮釋，書中大膽、露骨、扭曲的文字，深深觸怒了英國歷史悠久且工作評價極高的受虐兒童保護組織 NSPCC，從而在不列顛書市點燃了一場有關禁書問題的激烈爭辯（請參閱〈壞書──該禁不該禁？〉一文）。而就在這波禁止《愛》書渡海而來的呼聲中，英國本土女作家席娜·馬凱（Shena Mackay）一九九六年秋天入圍布克獎決選名單的力作《失火的樂園》（*The Orchard on Fire*），則因同樣涉及了戀童症患者的議題，再度引起了讀者廣泛的注意，但馬凱處理敏感題材理性與感性兼俱的寫作技巧及探討深度，卻也在對照之下，使何默思的《愛》書顯得格外粗糙鄙陋。

　　《失火的樂園》背景設在二次大戰後不久，英國政、社、經環境均仍充滿

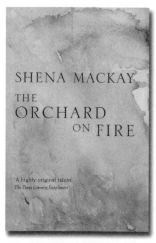

《失火的樂園》書影；cover painting by Cecily Brown, cover design by Button Design Co. Ltd。

不穩定氛圍的女皇加冕年。來自倫敦的哈倫西（Harlency）一家決定離開首府到南部鄉間去開間小茶屋，只不過抵達美麗的肯特（Kent）小城後，他們發現鄉村生活比起都市來，並不見得如他們原先所想像的那般容易，他們的小茶屋經常沒有顧客上門，脫離戰爭的陰影之後，英國百姓們財務上的拮据，可以說是不分大城小鎮的共同現象。

哈倫西夫婦有一個八歲大的女兒，名喚艾珀兒（April），她很快便和當地酒吧老闆的女兒露比（Ruby）結成好朋友，兩個小女孩在成年人所容易遺忘的青山綠水間，創造了她們自給自足的伊甸園。

然而她們卻不是無憂無慮的小天使。露比酗酒的父親對她時加無理責打，造成了露比益發頑劣的倔強個性，也使她酷愛火燄燃燒時絕決的美感；害羞內向的艾珀兒，則因老鄉紳格林里區先生（Mr. Greenidge）對她所表現出來的興趣，感到萬分困擾，偏偏忙著創業，並準備迎接新生命到來的父母親，都跟全村的人們一樣，以為格林里區先生是一個正派、和善、喜愛小朋友的老好人，令艾珀兒不知如何是好。

故事在作者所創造令人難忘的幾個人物之間綿密交織，讀者發現是非善惡實非截然可分的黑白兩面！露比的父母固然不是慈藹的雙親，但他們腳踏實地、刻苦耐勞的個性，就好像我們身邊隨處可見的平凡典型；而格林里區先生對於艾珀兒不正常的感情，儘管使讀者產生幾許厭惡和煩燥，但他無意傷害艾珀兒，且隨著情節的鋪陳，我們也逐漸相信他對艾珀兒愛心的真實，竟忍不住也開始對他生出一絲憐憫之意了。

　　有人說當嬰兒呱呱墜地時，他的世界就是一個無瑕疵的樂園，但隨著年齡漸增、開始嚮往眞善美的追求時，我們反而離開原先所擁有純潔天地愈來愈遠，直到有一天驀然回首，終於發出「失樂園」的浩嘆。

　　本書的主旨其實不在分析人類失樂園的因果，不過當讀者看見露比傷痕累累的手臂，以及格林里區先生爲艾珀兒所帶來無窮盡的心理壓力時，我們彷彿果眞親眼目睹了兩個天眞無邪的童年，如何被一層層地蒙上黑影，而一個原本充滿了幸福快樂的鮮活伊甸，又如何一點一滴地從緊握的指縫間悄然溜走……。

　　所幸馬凱的文筆並非一味低沉，兩個小女孩友情的自然發展，不知不覺中在讀者臉上帶來一朵抹不去的會心微笑；小朋友清朗的笑語，以及純樸鄉人彼此間良善的信任，則於令人動容之際，也再一次激發了我們對人性的信心。英倫書評家茱麗‧梅爾森（Julie Myerson）在評論本書時指出：「席娜‧馬凱的創作力正值巔峰，她的人生經驗、觀察能力、文字技巧及對矛盾的掌握等，使無數當代作家相形遜色。在她的筆下，字字珠璣，句句鏗鏘，人物的塑造幾乎具有一種魔力，每一個章節都彷彿有個頑童在向你扮鬼臉，緊緊扣住讀者心弦，而整本書更有如人生的悲喜劇，教人感動不已。」可以說是概括《失火的樂園》一書最強而有力的見證（請參閱〈書海生輝布克獎〉一文）。

淡鐵達尼談起

正當影史上耗資最龐大的電影「鐵達尼號」（Titanic），藉著大卡司、大製作的包裝，以愛情為主軸，災難為經緯，並配合著華麗絢爛的布景與服飾，而在一九九八年奧斯卡獎中大放異彩之際，英國文壇長青樹貝蘿・班布里區一九九六年入圍「布克獎」決選名單的力作《人人為己》，則以她耀目且富有深度的文筆，為讀者勾勒出了一幅幅令人動容的意象，創造出了一個個令人難忘的人物，並藉著對鐵達尼號沉船經過的追蹤，來探討人性與生命的本質，其撼人心弦之處，實對好萊塢版的浪漫史詩不遑多讓。

正如班布里區其他的作品一樣，《人》書裡的每一個角色都是善與惡的綜合體，既帶著感情及過往的包袱，也擁有多層次的利害動機，各自在難以逆料的人生旅途中摸索前進，但在不知不覺間，彼此的生命其實又往往有著剪不斷、理還亂的糾葛。小說的主線環繞在虛構人物莫根（Morgan）身上，他是船公司老闆的姪兒，也是

《人人為己》書影；
Duckworth出版社提供。

一個富有理想色彩，但同時又對世界深感困惑的青年。他沉浸在自己內心思想裡的時候，比周旋於外在社交圈裡多得多，然弔詭的是，終其一生，莫根卻經常不由自主地捲入目睹他人受到無情毀滅的意外事件中。

　　班布里區選擇了這樣一個角色做為故事代言人，於是讀者藉著莫根細膩的觀察，逐漸透視了船上紳士名媛的心理，以及上流社會人際交往的遊戲規則，但在順隨作者筆鋒流轉之際，讀者又比船上人眾更密切關心著船外天空顏色的變化，乃至海上浪潮起伏的點點滴滴。而就在這種對內、外世界的鋪陳天衣無縫的銜接裡，讀者終於一步步發現了人類的自大和無知，浮誇和虛矯，但在這些無可救藥的本性裡，不期然地又偶爾會散發出聖潔的光芒，以及令人崇敬的尊嚴……。

　　鐵達尼號沉入大西洋後，固有七百人獲救，卻有一千五百人喪生，其中傷亡最慘重的，莫過於住在最下層船艙的貧窮移民。班布里區在處理這個真實事件時，除了意在抨擊所謂「人不為己，天誅地滅」的古諺外，更旨在檢視階級意識的衝突，並反省公平正義的真義。不過做為一個傑出的作家，這些嚴肅的主題或曾在莫根的腦海中揮之不去，卻始終未曾在作者筆下正面提及，也因而留給了讀者反覆咀嚼、深思的無限空間。

　　在《人人為己》之前，班布里區已出版過十五部長篇小說，其作品的共同特色，可以說便是峰迴路轉的複雜情節、意味深長的幽默，以及潛伏貫穿全書的悲劇感，因此她的風格曾多次被書評家拿來和驚悚片大師希區考克（Alfred Hitchcock），以及盛名不衰的小說家葛林

（Graham Greene）相提並論。事實上，葛林本人便曾推崇班氏一九七四年出版的《瓶工廠外出記》（*The Bottle Factory Outing*）爲一本「極度有趣又極其可怖」的佳篇，而她的成就亦曾屢次受到各類文學獎項的具體肯定，如《裁縫師》（*The Dressmaker*）曾摘下「衛報小說獎」（Guardian Fiction Prize）桂冠，《傷痛時代》（*Injury Time*）曾獲「惠特比文學獎」的殊榮，《大冒險》（*An Awfully Big Adventure*）則曾入圍一九八九年的「布克獎」名單……等。

　　《人人爲己》是班布里區第二次以歷史題材爲背景的創作嘗試，她的第一部史實小說是《生日男孩》（*The Birthday Boys*），以不列顛探險家史考特（Captain Scott）遠征南極的不幸經驗做爲故事的架構，打動了無數讀者，曾經入圍一九九二年「惠特比文學獎」的決選名單。她於一九九八年入圍「布克獎」的小說《喬治主人》（*Master Georgie*），則是她的第三部歷史性作品，時代背景設在從前英、蘇交兵的血腥戰場。班布里區雖然一再與「布克獎」的桂冠失之交臂，她的一再入圍卻已證明了她的實力，同時她在讀者心目中的地位，也將永遠不容忽視（請參閱〈書海生輝布克獎〉一文）。

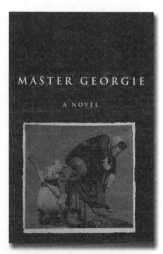

《喬治主人》書影：Duckworth出版社提供。

北愛爭端何時了?

　　《在黑暗中閱讀》是兼具學者、記者與詩人等多重身分的西姆斯·狄恩,一九九六年於小說創作上的處女航,甫推出便在英倫書市廣受矚目,於秋末冬初之交,在評審委員的一致認可下,無異議躍進一年一度的「布克獎」決選名單,直是一鳴驚人!

　　一九四〇年出生於北愛爾蘭(Northern Ireland)的狄恩,以詩意的感性筆觸完成這一部自傳體式的佳作,藉著書中在七個兄弟姐妹裡排行老三的男孩之口,將北愛爾蘭無止息的腥風血雨寫入日常生活的點點滴滴,於是隨著情節自然的鋪陳,讀者和書中男孩一同成長,對於當地的是非善惡或許依然不盡理解,但對於北愛人民的心路歷程,卻將產生切身而深刻的同情。

《在黑暗中閱讀》書影; Photography: Jeff Cottenden, Jacket design: Tracey Winwood, Jonathan Cape出版社提供。

　　整個故事是由書中男孩舊居裡一個鬼影幢幢的樓梯轉角處延伸而來,男孩無邪的童年,便在這樣一種如影

隨形卻又難以捕捉的陰沉壓力下悄然度過。這份壓力其實是由兩個世界交織而成的：一個是傳說中虛構的世界，呈現在姨媽所說的宗教告誡式神話，父親所形容的消失的荒野，以及有著無數悲傷記憶的多納哥（Donegal）小屋裡；另一個則是確實存在的，四〇至五〇年代期間位於北愛的德瑞城鎮（Derry），是一個充滿了政治暴力、家庭秘辛與致命陰謀，扭曲但眞實的世界。

敏感的男孩掙扎在虛構與眞實世界的夾縫裡，隱隱約約感到兩個世界間似乎有著某種奇妙的關聯，因此他極力地試探，一心想要揭開這個謎底，結果在四處環繞著的沉重靜默裡，他後悔莫及地發現，母親所意欲埋葬的殘酷眞相，終於彷彿不斷擴大的污點般，一發不可收拾，直到把他與家人全都吞沒爲止……。

北愛爾蘭的紛擾，實在已是數百年累積下來的複雜難題，其間不僅是政治的，也包括著歷史與宗教的錯綜因子。爭取獨立與效忠英皇兩大勢均力敵的集團，爲了各自的信仰而誓死爭鬥，增添了無窮盡的舊恨新仇，導致了今天幾乎無解的局面，而在這樣的惡劣循環裡，什麼是黑？什麼是白？怎樣是對？怎樣是錯？誰是罪魁禍首？誰又是無辜良民呢？……狄恩並不聲嘶力竭地控訴，但是當他一層一層地揭開包裹於《在》書家庭史間最隱晦的秘密時，北愛爾蘭的悲哀、矛盾和無奈就此躍然紙上，深深打動了無數讀者的心靈。正如諾貝爾文學獎（Nobel Prize for Literature）大師，也是來自愛爾蘭的西姆斯・西尼（Seamus Heaney）所推崇的：「《在黑暗中閱讀》輕靈而有力地將家庭悲劇及政治暴力轉化爲一個同時令讀者既狂喜、復心碎的故事。如

果艾塞克・貝伯（Isaac Babel）復生於德瑞，他很可能也會寫出這樣一本出人意表的精彩作品吧？」

　　北愛爾蘭的爭端固然不是輕易便能解決的問題，然而人類的彼此瞭解，或許正便是尋求和平的基點。在北愛爾蘭停火協議刻正調停的當口，《在》書的內涵，實具有無比珍貴的意義（請參閱〈書海生輝布克獎〉一文）。

多面夏娃之謎

　　加拿大小說家瑪格麗特・亞特伍德，向以技巧圓熟、思慮紛密、深富智慧及原創性等質素享譽當今英語文壇。她的九部長篇小說中，《貼身女僕的故事》（*The Handmaid's Tale*）因精彩刻劃出了女人之間微妙的感情與關係，曾進入一九八六年度大英國協「布克獎」的最後決選名單；《貓之眼》（*Cat's Eye*）則因充滿了豐富而出人意表的視覺印象，再度獲得入圍一九八九年度「布克獎」的殊榮；而她一九九六年間的作品，也是截至目前為止公認為作家最登峰造極之作，《化名葛麗絲》，更因深刻探索了潛意識世界與追溯人性善惡的根源，第三次獲得一九九六年度「布克獎」委員會的提名，從而在讀者之間引起廣泛的迴響。

　　《化名葛麗絲》是亞特伍德頭一回在歷史小說上的嘗試；換句話說，《化》書固然是一個虛構的故事，但時代背景、人物事蹟……等，卻是根據曾經發生過的真實事件衍生而來。書中主角葛麗絲・馬可士（Grace Marks），是一八四

《化名葛麗絲》書影：Jacket design by Andy Vella, Jacket painting by Dante Gabriel Rossetti, Bloomsbury 出版社提供。

〇年代間全加拿大最出名的女人，因為她年紀輕輕地竟便犯下了滔天大罪。

　　一八四三年七月二十三日所發生的「金納—蒙哥馬利」（Kinnear-Montgomery）謀殺案，在當時不僅轟動加拿大上下，連美國與不列顛等地的報紙，也都對此案有著大篇幅的報導與深入追蹤，因為身為嫌犯之一的葛麗絲當時年僅十六，有著沉魚落雁之容，而案件本身又是少見的殘酷血腥，再加上被害者為男主人與女管家，兩人生前據傳有著某種曖昧的關係，於是「金」案在性、暴力、色情、社會階級等重重環繞之下，成了舉世矚目的焦點。

　　「金」案的審判是在當年十一月裡舉行的，葛麗絲的共犯，亦即同在金納家中為僕的麥可多莫特（McDermott），以謀殺罪名被判死刑，並且很快就行了刑。然而有關葛麗絲的判罪，各界卻始終有著很大的爭議，結果法院雖然原也決定要處葛麗絲死刑，但在一群鄉紳的聲援之下，最後終於改判無期徒刑，將之送進了感化院。

　　在感化院服刑的歲月裡，葛麗絲的表現說服了無數人士相信她的無辜，使得眾人為她四處奔走、爭取假釋，並且由於葛麗絲突然宣稱她喪失了一切跟犯案當天有關的記憶，這些熱心人士更以精神病症為由，要求法院檢查葛麗絲的心理狀態，重新考慮對她的處置。

　　後來到了一八七二年時，葛麗絲總算出獄了！根據加國政府的文件資料顯示，葛麗絲在一位典獄官的伴隨之下去到了紐約州，不過從此之後，葛麗絲卻像斷了線的風箏，再也尋不到任何蹤影，所有與她相關的線索也自此灰飛煙滅，未曾留下一點蛛絲馬跡。至於葛麗絲究

竟是不是一個冷血的殺人兇手，甚至連她是否眞的曾罹患精神分裂症，抑或只是假裝如此以博取同情而已……這所有的疑問隨著葛麗絲的消逝失去了解答，成爲歷史上永遠的謎題。

　　過去一百多年來，葛麗絲一直是加國小說家筆下最鍾愛的題材之一，但亞特伍德是第一位試圖從葛麗絲本人角度詮釋該案的作者，既爲多面夏娃賦予了耳目一新的聲音，也爲她交織了令人信服的心路歷程。

　　故事是從葛麗絲入獄十六年之後切入，一位年輕的心理學家賽門·喬登博上（Dr. Simon Jordan），因爲是失憶症的專家，對人類潛意識有著獨到的研究心得，乃應加拿大政府之聘，開始爲葛麗絲診斷病情。他耐心傾聽葛麗絲敍述家人如何由愛爾蘭移民加拿大，母親又如何在此旅途中喪生的經過，及至她小小年紀如何便成爲金納一家僕傭的際遇。葛麗絲有時會告訴賽門一些她所幻想的夢魘，有時也會自覺或不自覺地說謊，對於她所不願吐露的眞相，有時也會避免點點滴滴的細節。

　　賽門一步步揭開了葛麗絲的過往，走進了她的內心世界，而隨著亞特伍德爲葛麗絲所做的自述中，一個聰明、慧黠，但卻又無限脆弱的女子生動地活轉了來，使得賽門與讀者都同時對她產生了日益加深的同情和依戀，然在另一方面，也不斷懷疑究竟有多少是她不願說、或不能訴說的事實。賽門的使命是要診斷葛麗絲是否眞的罹患失憶症，如果屬實，則要幫助葛麗絲恢復失去的記憶。他到底能不能成功？他最後又將發現怎樣的秘密呢？在作者細膩的鋪陳之下，讀者與

英倫書房

　　賽門一樣地欲罷不能，卻也一再陷入層層迷霧，難以自拔……。

　　以文學藝術的多元視角扣緊一個事件的作品其來有自，日本作家芥川龍之介的小說《竹藪中》，以及大導演黑澤明據此拍成的經典名片「羅生門」，無疑的便都是個中翹楚。亞特伍德的《化》書脫胎於西方文化的心理分析傳統，由葛麗絲一個人在不同的心理狀態下，對同一事件做出不同的描述，作者不僅向我們掀開了隱藏在人類外表下的幽暗面，點出了人性的無窮可能，也呈顯了所謂「假做真時真亦假」的弔詭。對於多重敘事觀點、心理解析，乃至暴力美學感到興味的讀者，《化名葛麗絲》確是近幾年間難能可貴的佳作（請參閱〈書海生輝布克獎〉一文）。

文明殘酷的面相

　　小說家巴瑞・恩茲華斯（Barry Unsworth），一向以擅用中古歐洲做為時代背景著稱於文壇，他一九九五年入圍大英國協「布克獎」的佳篇《道德劇》（*Morality Play*），便是此中的佼佼者。但他一九九六年的新作《漢尼拔之後》卻一改常態，將朔風野大、冷入心脾的十三、四世紀不列顛場景，一口氣轉換到今天熱情洋溢、燦爛奪目的義大利盛暑，同時書中主導故事進展的人物，也由三餐不繼的流浪漢，變為富裕的中產階級移民。

　　然而在如此劇烈的風格突變之中，不變的是恩茲華斯奔馳的想像力與創造力，以及他對人類社會所衍生出的貪婪動機，弱勢團體所遭受之殘酷剝削的深層關懷！這些主題，可以說才是真正使其作品傲視群倫，並引人入勝最重要的元素。

　　《漢尼拔之後》是一部令人讀來笑中帶淚的悲喜劇，其結構彷彿鑲嵌精細圖案的彩繪玻璃，某些段落單獨抽離看來，敘事之誇張與滑稽簡直像是鬧劇，但它們卻在不鑿痕跡之處，和晦暗的、充滿傷痛的情節融合為一，使得作品完整而立體，人物的感情也變得豐富且有深度，而當故事發展來到了位於義大利中部的安布利亞（Umbria）鄉間時，發生在此地殘酷的過往便從此深植在讀者腦海之中，再也揮之不去！——就是在安布利亞的翠紀媚努湖畔（Lake Trasimeno），羅馬大

軍於迦太基著名勇將漢尼拔手下全盤覆沒，不僅整個湖水都被鮮血染成了深紅色，甚至在兩千兩百年後的今天，四週的小村落裡也都仍能聞得到混合著枯骨與墳塚的血腥味兒，由此或可想見當時的大屠殺有多麼慘烈。

恩茲華斯塑造的歷史學教授孟提（Professor Monti），便是移居到這麼一塊深富歷史意涵的土地上。孟提的學養使他對當地的史蹟有著非常尖銳的敏感度：除了漢尼拔的荼毒之外，十五、六世紀時，當地大戶的彼此仇視亦曾在此間浴血成河，而第二次世界大戰之後，一位德國移民更曾在他購買的新居地底下，驚恐地發現了納粹組織謀殺無數性命的殘忍證據！這一切史實不斷地在孟提心中縈繞，於是讀者漸漸地也終於感應到孟提的醒悟——原來自漢尼拔之後，人類竟仍是如此野蠻地互相屠戮的……。

當然，恩茲華斯在《漢》書之中，並未安排有任何像上述史料般龐大的戰爭或鬥毆的場面，畢竟本書所描寫的重點，是今天文明世界裡四處俯拾即是的社會面相。牽引讀者心弦的，是孟提夫人如何堅決地棄他而去的歷程；是隔鄰的這對同性戀戀人，如何為了一棟房子，結果從親密伴侶到反目成仇地對簿公堂；是來自密西根的退休美術老師夫婦，如何因為聘錯了「專人」整修新屋，結果被騙走了畢生積蓄的不幸故事。但是透過這些點點滴滴的描述，恩茲華斯非常巧妙地向讀者揭露，雖然在二十世紀末的社區生活裡，律師與銀行經理等職業取代了軍人的角色，人們也不再以濺血致命的武器廝拼，而改用文書往來等訴訟資料互鬥，然其背後損人利己的殘酷模式，爾虞我詐的兇

狠意圖，跟安布利亞早年血淋淋的經驗其實是如出一轍的。

　　和人性中冷酷的一面成為鮮明對比的，是恩茲華斯筆下安布利亞溫暖和煦的風貌。遼闊而壯麗的視野，以及鄉間隨時可見，古意盎然且充滿藝術氣息的遺跡，是大自然樸實的、珍貴的、溫柔的撫慰，使讀者的心靈稍獲喘息。

　　在半帶娛樂性、半帶憂鬱感的字裡行間，《漢》書對人性有精練、溫文、智慧而又感性的探討，於是在掩卷沉思之際，讀者們不知不覺間，也像貫穿全書各段落那位既想不擇手段求生存，又頗富於道德良心和正義感的矛盾小律師一樣，對文明殘酷的面相，有了全新的觀照。

單身女郎悲喜劇

　　人類是群體的動物，當我們能夠在某個集群的標籤裡找到認同時，講話聲音好像就可以大了點，生活也彷彿可以變得理直氣壯些似的，例如以學校爲單位的「我們台大人」，以地域爲範圍的「我們高雄人」，或者由生活型態演化出來的「雅痞」、「嬉皮」、「中產階級」等舊名詞，乃至從年齡層區分出來的「Y世代」、「新新人類」、「頂客族」等新口號，真可謂應有盡有！

　　不過隨著教育的日益普及、女性自覺的提高，以及男女關係的微妙轉變，作家海倫・費爾登（Helen Fielding）發現在全世界的各大都會裡，有一個特定族群正在一天天地擴大之中，但由於至今仍未找到合適的代號，在疏離感漸強的現代社會裡，也就似乎一直有著一種未能找到定位的徬徨！這個族群，便是年過三旬的未婚女性。

　　這群新興女子與一般所謂「單身貴族」的不同點，在於她們並不見得以「單身」爲「貴」，但對於愛情與未來的伴侶又有某種程度的憧憬和堅持，因此也不甘心隨便把自己嫁掉；她們比二十多歲的單身女郎多了些世故，少了些驕傲，多了點焦慮，少了點做作；比起傳統觀念中的「老處女」來，她們更加開放、勇敢、貪玩；同時她們也不盡然都是想與男人在職場上一決雌雄的「女強人」，她們多半有份固定的職業，但是收入不一定特別高，對於工作生涯也不一定特別有野

心，她們真正關心的是「自我提升」，使自己更好、更快樂。

對於這樣的描述您感到十分熟悉嗎？那麼相信費爾登的作品《BJ的單身日記》(*Bridget Jones's Diary*)，必將能為您帶來會心的微笑！

《B》書以倫敦為背景，作者運用日記體的寫作方式及幽默詼諧的文字技巧，生動活潑地呈現出了上述新單身貴族的心路歷程與生活的悲喜，甫推出即在讀者之間引起廣泛的迴響，成為九七年英國書市最熱門的小說之一。

布里姬・瓊斯（簡稱BJ）是費爾登筆下創造的虛構人物，在倫敦的一家出版社擔任助理編輯，租著一間單身公寓，有事沒事經常與另外兩位同樣單身、年齡相仿的要好女朋友吃飯、喝酒、聊天。每次回到老家，她的母親和鄰居總是想為她介紹男朋友，令她相當苦惱，而他們好意的撮合沒有一次成功，也在BJ的心裡形成愈來愈大的壓力。

故事一開始，是BJ列出的新年新希望，她想要戒菸、要存錢、要減肥，還想要讓自己變得更寬容，不要對親朋過問她的感情生活太過在意，此外她也希望自己可以更有自信，養成早起的習慣，在處理男女關係時能夠更加成熟……，不過從日記上的第一天，讀者便又好笑、又好氣地看見，「理想」與「現實」之間實在有著不小的差距！於是我們跟著BJ一起分享友情與親情的溫暖，品嘗愛情短暫的甜蜜及痛苦，面對生活的失望和挑戰，並且由此學習快樂與自足的秘訣。

不列顛書評家吉爾・虹比（Gill Hornby）認為布里姬・瓊斯活像是珍・奧斯汀作品裡安妮塔・盧士（Anita Loos）九〇年代的再現；大文豪撒門・魯西迪則以為，本書是作者喜劇天才的結晶，即使男讀

者也忍不住要哈哈大笑；《每日電訊報》(*Daily Telegraph*) 在評論專文中也指出，近來的英語創作裡，很難找到比本書更有趣，觀察更細膩，能為讀者帶來更多喜悅和感動的小說。

　　《BJ的單身日記》捕捉住了三十歲以上單身女郎生動的側影，是作者的自我探索，也是讀者身邊無處不在的群像，難怪本書能在短短期間內，在無數的心靈間激盪出無盡的共鳴（請參閱〈柑橘獎風暴〉一文）。

人生的奧秘

對於文學工作者而言，無論是宣揚深厚廣博的知識，抑或探討生命終極的關懷，以輕馭重，以簡馭繁，毋寧是其中最困難的挑戰之一。

在當今天文物理學界中，真正能夠以深入淺出的文字介紹「黑洞」，並進而撩撥起世人對於「科學」及「科學家」產生高度興趣者，史帝芬・霍金的《時間簡史》可以說是箇中翹楚；在史學研究的領域裡，英國馬克思史家艾瑞克・霍布斯邦的經典鉅著《十九世紀三部曲：革命的年代，資本的年代，帝國的年代》，不但因自成一家之說而受到其他學者的肯定，同時作者所運用的敘述史學也深深影響了傳統規格的歷史寫作；至於在哲學思想方面，則來自挪威的哲學教授喬斯汀・加德，先以《蘇菲的世界》一書，將三千多年來的哲學迷思濃縮成平易近人的對話與問答，再於續集《紙牌的秘密》裡，以精彩緊湊的連環故事向世人揭露人生的奧秘，無疑地更為廣大的讀者帶來無盡的激盪。

一九九七年六月間以平裝版面世的《紙》書，與《蘇菲的世界》一樣提出了許多人生的大哉問，例如人類從何處來？由何處去？生命的本質是什麼？宇宙天地是如何形成的？促進歷史演進的原動力又是什麼？……

　　不過與《蘇》書不同之處，在於加德於《紙牌的秘密》裡展現了他更圓熟的創作技巧以及更自由的想像能力。換句話說，少女蘇菲所處的神秘世界與奇異經歷，無非是作者設計出來的副線，用以串連出整套哲學史課程的安排；但當讀者隨著男孩漢斯‧湯瑪斯（Hans Thomas）開始尋覓紙牌的秘密時，小說情節已成了引人入勝的主線，作者終於跳脫出了全知全能的敘事觀點，不再向讀者進行長篇大論的哲學演說，而是陪同讀者一起思索、一起體會亙古以來有關人生的複雜難題。

　　《紙牌的秘密》裡包含著兩個故事，一個是漢斯‧湯瑪斯與父親跨越歐洲的長途旅行，他們由挪威一路開車到希臘，爲的是尋找漢斯‧湯瑪斯失蹤了八年的母親，她在男孩四歲大時說要去世上找尋自己，一去後音訊杳然；另一個故事則是漢斯‧湯瑪斯在旅程中偶然獲得的一本小圓麵包書（Sticky-Bun Book），書中描寫的則是麵包師漢斯（Baker Hans）一生的冒險，其中大膽假設了世界可能的開端，也預測了造物主與其創造物揭開彼此存在的秘密後，所將可能產生的後果！然更奇妙的是，麵包師漢斯與漢斯‧湯瑪斯的故事逐漸融合爲一，連男孩的父親、母親、父親的父母親等人，也都終於在整個大架構裡找到了安身立命的定位，這是命耶？運耶？連續的巧合？還是書中人物爲尋求眞相而邏輯推動的演化呢？……讀者在瞠目結舌之餘，眞不禁要爲生命和宇宙難言的奇異性與神秘性，深深地讚歎不已！

　　喬斯汀‧加德在撰寫《蘇菲的世界》時一再強調，人生的大哉問經過數千年來無數智者的探究之後，依然沒有對錯，也仍舊沒有解

答，但是做爲一個獨立的個體、自由的靈魂，至少我們應該重新學習以新鮮好奇的眼光看世界，不斷以哲學的角度在習以爲常的生活中提出問題，並且保持頭腦與心思的開放，不要對任何事情遽下結論；而在《紙牌的秘密》中，作者把上述的原則全部化爲故事的遊戲規則，於是讀者老化、僵硬的思緒，不知不覺間竟受到了巨大的衝擊與挑戰，從而開啓了一道嶄新而開闊的心靈之窗。

總而言之，要在《蘇菲的世界》與《紙牌的秘密》間分出優劣高下，殊非易事！也許我們只能說，前者著重的是理性的思考，後者著重的則在感性的體會；前者之所以教人手不釋卷，是因爲書中充滿了人類知識的精華，但後者之能夠教人愛不釋手，卻是因爲其中煥發著生命智慧的啓示。而正如加德所曾提出的質疑：理性與感性可是殊不相容？知識與智慧又有什麼差別呢？其間的微妙處，或許也只有待讀者在閱讀兩部創作之餘，細心推敲了。

耐人尋味的哲學小說

　　若要論及全球出版市場上近年來「最」出人意表的暢銷書作者，這個寶座只怕非來自挪威的哲學教授喬斯汀・加德莫屬了！

　　自從《蘇菲的世界》英文版，將三千多年來的哲學迷思濃縮成平易近人的對話，從而風靡了世界各地的老少讀者以來，加德持續將他對哲學的熱情灌注在文學創作中，在艱澀冷硬的哲學性著述，以及缺乏思考深度的大眾小說之間，開闢了一片迷人的新天地，用淺白的敘述敲開了讀者無盡的想像空間，再用瑰麗的行文風格，引領讀者在人生的大哉問裡漫步遨遊。

挪威哲學小說家喬斯汀・加德（Jostein Gaarder）；Haege Hatveit Moe攝影，Phoenix出版社提供。

　　正如加德自己所坦承的，他最大的心願，便是希望能夠把所有天各一方的人們聚攏在一起，以便共同思考人類生命的問題，並以眾人天馬行空的幻想能力，激盪出各種可能的答案或解決之道，而從他的小說中，我們也因此在在都

能尋出這份心願的蛛絲馬跡！例如他於《蘇菲的世界》裡所一再強調的，做為一個自由的靈魂與獨立的個體，我們應該重新學習以新鮮的角度看世界，不斷以好奇的眼光在習以為常的生活中提出質問，同時也要保持頭腦與心思的開放，不要對任何事情遽下結論；隨後在《紙牌的秘密》及《聖誕節的秘密》（*The Christmas Mystery*）裡，上述的原則便都已被化為小說的遊戲規則，兩者都是包含了現在及過往的連環故事，隨著情節的推衍，過去和未來逐漸失去了

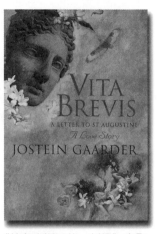

《給奧古斯汀的一封信》書影；Jacket by Sarah Perkins，Orion出版集團提供。

明顯的界限，書中角色也都在最後的大架構裡找到安身立命的定位，使讀者終於忍不住要為作者所揭露人生及宇宙的奧秘而深深讚歎不已。

比較起來，他一九九八年的力作《給奧古斯汀的一封信：一個愛情故事》（*Vita Brevis ── A Letter to St. Augustine: A Love Story*），乍看之下則無論其風格或體裁，與前者都頗為迥異：(1)前三者的主人翁都是清純的少男少女，但新書裡的主要人物卻是一對熱情的成年男女；(2)前三者的內容都是加德虛擬的故事，但後者不僅是個歷史事件，並且是由拉丁文翻譯過來的書信；(3)前三者的主題都是書中人物追求真相的過程，而後者所環繞的，似乎只是一個愛情故事的始

末。不過一旦細加體會，《給》書卻絕不是這麼簡單的一部「翻譯」籍冊而已！

首先，作者表示，他在一個舊書攤上找到了一封珍貴的信函，是西元四世紀時，奧古斯汀主教從前的情婦，爲了辯駁他所撰《懺悔錄》（*Confessions*）的論點而寫給他的一封長信。問題是，這是眞的嗎？還是作者虛構的情節呢？加德輕描淡寫地將自己化爲書中的一角，在刺激讀者提出質疑的挑戰上，無形中也更上了一層樓。

其次，經由整封信件的鋪陳，我們既目睹了奧古斯汀出世前的生活點滴，也透視了他的人生哲學，而藉由主教情婦對愛情的熱烈辯護，整封信不僅有如入世者對生命眞諦執著的追尋，也更突顯了各種值得深入探究，關於宗教與哲學終極關懷的議題。

換句話說，加德在新書裡或許展現了不同的創作技巧，但其哲學小說的特質與魅力，卻與之前的各部傑作毫無二致，而其豐富的創作靈思，也因此同樣令讀者在掩卷之際，咀嚼無窮的餘味。

《磁片世界》磁力誰能擋？

　　您認為中國的武俠小說不登文學大雅之堂嗎？請看金庸的系列作品。那麼，您認為西洋的「科幻小說」（Fantasy Novels）算不得「真正」的小說嗎？請讀不列顛作家泰瑞・布拉屈（Terry Pratchett）筆下所創的《磁片世界》（*Discworld*）系列。

　　《磁片世界》無疑是當今英語文壇最受歡迎的系列小說之一，不僅全球銷售量已突破一千萬本的大關，系列中的第一部小說《魔法的顏色》（*The Colour of Magic*），每一冊最初印行版本的售價更已高達新台幣三萬元以上，成為布拉屈書迷們爭相蒐購的對象！難怪每一部系列的最新作品只要一問世，就會立刻高居排行榜第一名，甚至一九九七年底出版的《好戰主義者》（*Jingo*），到今天都還在暢銷書單上徘徊流連。

　　你可以把布拉屈歸類為童書作家，也不妨將其放進成人小說作者的行列，總之，布拉屈作品一項著實難能可貴的特點，便是「老少咸宜」──根據英國社區圖書館一份統計報告顯示，布拉屈的小說往往是在青少年讀者借回家閱讀以後，吸引家中不同年齡層的成員，繼之成為全家所共同喜愛的讀物的。更具體的說，布拉屈的《磁》書系列在二十多個故事之後，之所以能夠繼續風靡九歲至九十九歲年紀不等的無數讀者，最主要的原因，在於其情節具有虛構夢幻的海闊天空，

但又有具體經驗及推理邏輯的骨幹，使之非常接近眞實，因此磁片世界本身雖然是一隻大烏龜背上，由四隻大象所支撐的披薩型星球，然而所有在此間發生的事件，卻竟能使讀者產生對於所處地球的深刻認同！

整個故事首先隨著磁片世界第一位遊客——二花先生（Twoflowers）的到訪而開始。二花的導遊是巫師潤斯風（Rincewind），而潤斯風又是全磁片世界最會找「麻煩」，也能最快逃避「麻煩」的人。天眞無邪，對凡事都有興趣的二花先生，好意爲新世界的居民介紹了一套保險制度，不料卻引發一場又一場的災難，於是潤斯風只好帶著二花先生騎上只有虔誠相信時才能存在的神龍，飛往世界的邊緣逃難，從而遭遇到更多的意外！誰知道當二花先生好容易平安回到故鄉後，他的遊記竟爲磁片世界帶來革命性的旅遊風潮……。《磁》書系列爲讀者展開一環又一環的新奇冒險，系列中的每一集其實都是獨立的精彩故事，然故事主線則都圍繞在巫師、死神、上帝、以及打牌愛作弊，因此總是贏了上帝一籌的命運……等角色身上。

此外，布拉屈的文筆非常、非常之幽默，更是《磁片世界》暢銷全球的重要因素。事實上，在布拉屈之前，從未出現過詼諧有趣的科幻小說，誠如作家本人所觀察到的：「傳統科幻小說的英雄總得有超人的能耐，跋涉千山萬水，才終於達成了任務拯救全宇宙，彷彿平易的個性與四鄰之間便出不了英雄的事業似的，簡直跟現實世界完全脫節！」（這番體認竟與金庸在武俠小說的進境若合符節，因此最後武

俠大師寫出了無可無不可、落拓不羈的令狐沖，又創造了市井賭徒、不會武功的韋小寶。可見在文學造詣相當時，東西方文人對作品的見解頗有異曲同工之妙呢！）

　　於是布拉屈開闢了一個嶄新的紀元，正如霍爾大學（University of Hull）英語文學教授，也是布拉屈迷的約翰・哈里斯（John Harris）所指出的：

　　「布拉屈的幽默極富智慧，他以詼諧諷刺的筆法描繪出人性荒謬的一面，使之變得又有趣，又意義深遠！所以對於成人及知識份子型的讀者來說，布拉屈作品字裡行間微妙而貼切的影射和寓意，是使之欲罷不能的關鍵；但對年輕一輩的讀者來說，則布拉屈筆下層出不窮的離奇妙事，自然也會使之愛不釋手。」

　　論者嘗謂布拉屈書中人物的鮮活與其「說故事」技巧的令人回味無窮，具有狄更斯之風；其小說對白的慧黠雋永，比伍德霍斯（Wodehouse）不遑多讓；至於他對世態人情的洞察，則更有著瓦渥（Waugh）聰敏銳利的諷刺機鋒。

　　只是對於這樣的頌辭，布拉屈本人倒不見得特別領情，就好比當英國大報上的書評專欄刻意遺漏他的新書，或者在評論裡面加上了許多「但是」時，布拉屈連眉頭也不會多皺一下一樣。他認為寫小說是為了取悅自己和讀者，文評家要為他冠上「通俗小說作家」或「文學大師」的封號，對他寫作的目的與作品的價值又有什麼關聯呢？

　　目前《磁片世界》正以十八種不同的語言和地球上各角落的老少讀者們傾心交談，同時自一九九七年五月份開始，英國第四頻道

（Channel Four）開始將《磁》書系列改編成卡通片，以期吸引更廣大
的觀衆群。此外布拉屈也可以說是在科技上頗爲先進的作家，近來以
電腦型態問世的「交互影響」（interact）遊戲，讓小朋友們可以嘗試
改變書中情節，看看故事將會發展出什麼樣的不同結局，更是具有革
命性的創舉！而從這點點滴滴的敘述裡，多多少少或許已能反映出布
拉屈《磁片世界》的些許魅力吧？

爲美國世紀下定義

　　英國專欄作家哈維・波洛克（Harvey Porlock）曾經打趣道：
「等『大美國小說』（the Great American novel）的出現，有點像是等
公車，要嘛等了許久連一部都不見，要嘛卻一下子接二連三來了好幾
部！」

　　誰又能想到，如果用波洛克昔日的妙語來形容英語書市今日的出
版狀況，竟然會是如此一語中的啊？

　　沉寂了多年之後，一九九八年間忽然便有至少四部以「大美國」
做爲題材背景的小說同時出版：菲利浦・羅斯（Philip Roth）的《美
國牧歌》（*American Pastoral*），深刻呈現了移民者對於新大陸的愛恨
情仇；查爾斯・富爾雷濟（Charles Frazier）以詩意的處女作《冷山》
（*Cold Mountain*），寫出了美國內戰可歌可泣的篇章；湯姆士・品瓊
（Thomas Pynchon）在《梅森與狄克森》（*Mason and Dixon*）一書
裡，探討了自十八世紀以來美國南北文化之不同；成名作家唐・狄利
洛（Don DeLillo），則嘗試用厚達八百二十七頁的大型史詩《地底世
界》（*Underworld*），爲過去五十年來的美國歷史下註腳。而在這四部
傑作之中，狄利洛的《地》（Picador出版）書更因反映出了「千禧年」
的特異精神，成爲了大西洋兩岸廣受矚目的長篇鉅著。

　　狄利洛無疑是美國當代最重要的小說家之一，八〇年代間他所完

成的《白色喧鬧》（*White Noise*）、《天秤座》（*Libra*）、《毛第二集》（*Mao II*）……等，使他獲得了「時代代言者」的美譽，從而影響了無數年輕一輩的作家。狄利洛的筆下精確捕捉住了「後現代」（Post Modern）的意涵，更難能可貴的是往往極其幽默，因此在他作品中所暴露各種有關充斥著現代社會的無聊對話、厭倦、暴力、恐怖分子、小報上的瑣碎消息、永無止盡卻又毫無意義的時事新聞，以及朝向「新電影主義」邁進的美國文化，亦即大銀幕上所詮釋的歷史，便成為了普羅大眾所認同接受的「史實」……等主題，在在都有撼人心弦之處。

　　《地底世界》是狄利洛截至目前為止最富野心的作品，同時也比無論是用科學性災難事件為經緯的《白色喧鬧》，或者是用甘迺迪總統謀殺案為主軸的《天秤座》，都更隨處可見作者個人的影子。狄利洛在《天》書中曾說：「歷史便是許多未被告知之事的總合。」而在《地》書裡，他所企圖達成的，似乎便是要藉著種種受到隱瞞的事實的串連，重新定義美國半世紀來的歷程，書中所觸及的層面，也涵蓋了美國境內各大文化、社會、生活以及政治性的重要議題。

　　故事一開始，讀者經由多視角的散文詩敘述回到了一九五一年的一場重要職棒球賽，來自紐約的巨人隊（Giants），因巴比·湯普森（Bobby Thompson）在九局下半揮出了一支漂亮的全壘打，擊敗了來自布魯克林難纏的對手Dodgers，贏得了全國觀眾熱烈的喝彩；但也就在湯普森揮棒擊出的那一剎那，位於地球彼端的蘇維埃聯邦試爆原子彈成功，從此改寫了人類的命運，將國際政治推向了冷戰的新紀元。

　　這場球賽影射著一個純真年代的結束，正如狄利洛所指出的，許多人都想找到那顆失落的棒球，恰如我們對於從前那種和平、樸實的時代無盡的懷想，但是從另一個角度來看，棒球的大小豈非又正與原子彈的核心相去不遠？於是又有誰能知道，我們所追求的，究竟是代表過去那段美好歲月的無邪象徵？抑或是能夠摧毀人類文明的可怕武器呢？狄利洛隨著書中眾多的人物角色共同尋覓，期盼在數之不盡的偶發事件及各類妄想推測中找到可能的聯繫。弔詭的是，「過往」的點滴是我們「現在」透過特定觀點所描繪而得的形象，而今人的觀點又與現代科技息息相關：電視、電影、錄影機、照相機、電腦網際網路，乃至國家情報蒐集組織所採用的各種工具與途徑……等，換句話說，後人所發明新的影音紀錄一再重疊於前人所發生舊的事實之上，因此所謂的「當代」固然是一個模糊的指涉，現代歷史又何嘗不是千頭萬緒，以致於陷入了極其混沌的狀態？

　　正如他一貫的寫作技巧，《地》書中所處理的各個段落均有獨到之處，尤其是描寫五〇年代期間義大利移民社區的生活一幕，是如此歷歷在目！而來自該社區的薛尼克（Nick Shay），後來成為一家「垃圾消滅公司」的主管，只要付出合宜的價錢，他便可以負責讓一切消失無蹤，自也具有強烈的政治寓意。

　　就在冷戰宣告結束，堂堂邁進廿一世紀的今天，著名的政治學者法蘭西斯·福山與山姆爾·漢丁頓等人，早已在學術圈裡掀起了一波方興未艾的「千禧年」研究熱潮。細讀狄利洛的《地底世界》，我們發現本書毋寧便是小說家對此熱潮最動人的回應，與最有力的見證。

約翰・爾文的悲傷世界

美國作家約翰・爾文的筆下，人世彷彿是個再悲傷不過的地方，充滿著破碎的婚姻、不幸的童年，乃至死亡的威脅，就連原本應該無憂無慮的寵物們也似乎都逃不過傷心的命運，因此他第五部長篇小說《新漢普夏旅館》（*The Hotel New Hampshire*）裡的小狗，竟然也就直截了當地叫做「憂愁」（Sorrow）了！而他一九九八年春天所完成的最新鉅著，亦即作家的第九部創作《一年寡婦》，跟他之前的各部傑作一樣，也仍持續藉以灰色的基調，描繪出「悔憾」與「寂寞」的晦暗主題。

爾文向來喜歡撰寫長篇小說，對短篇小說鮮少觸及，因為他認為只有透過長篇小說的型式及篇幅，讀者才能真的認識書中的角色，進而與作品產生感情的、個人化的聯繫；相對的，短篇小說再怎麼精彩，讀者往往只

美國小說家約翰・爾文（John Irving）；Cook Neilson 攝影，Bloomsbury出版社提供。

是讀了一個好看的故事，但很少會將故事中的主角視為朋友，進而使之成為未來人生旅途中的心靈伴侶。

由上述這段告白中，無形中我們對爾文小說的風格，也就產生了一層新的體會：原來爾文是把他所刻劃的人物看成具有分量的朋友，難怪他小說裡的主角，十個裡有八個也都是以寫作維生；又原來爾文是把讀者閱書的經驗，視為與書中人物相交相知的過程，難怪他的作品泰半都是追溯著書中角色一生的際遇，而非侷限在某個人生的片段裡恣意發揮。

於是在《一年寡婦》中，我們最早接觸女主人翁露絲・寇爾（Ruth Cole）時，她年僅四歲，剛剛在一場車禍中失去了兩位哥哥，同時這樁意外事件也形成了露絲雙親的巨大創痛，促使她身為童書作家的父親泰德（Ted），必須一再於風流韻事裡尋找慰藉，她的母親瑪莉安（Marion），隨後也嘗試在十六歲男孩艾迪（Eddie）的身上遺忘往事，然而徒勞無功之餘，瑪莉安終於離家出走，造成了諸人心上更大的創傷。

《一年寡婦》書影；Jacket by Honi Werner，Bloomsbury出版社提供。

讀者在書中與露絲第二度見面時，已是三十二載之後，小女孩不僅早已長大成人，也已是成名的小說

家，但艾迪依舊一事無成，泰德已在童書界過氣甚久，三人唯一的共同點，便是都仍活在瑪莉安出走的陰影裡，反映出來的，便是露絲的工作生涯雖然一帆風順，可是她的戀愛生活卻是一片空白，另外艾迪則不斷糾纏著已經上了年紀的女子，使他的愛情天地陷入一片混亂。

露絲與艾迪終於在一個偶然的機會裡重逢，兩人間很快形成一種微妙的友情，幫助彼此度過感情的難關。然後故事很突兀地跳接到阿姆斯特丹的紅燈區，露絲正為了下一部小說在蒐集資料，她所因而結識的一名妓女不幸慘遭殺害，於是露絲在全力協助警方緝兇之後，才又回到紐約，答應了她出版商編輯的求婚。

當我們第三次見到露絲時，又已過了五年，露絲在成為一名母親的同時，也做了寡婦，艾迪依舊在潛意識裡渴望著瑪莉安的愛情，泰德則終於在積下的風流孽債裡走上毀滅的路途。在這最後的鋪陳裡，爾文稍早所埋下的種種伏筆總算集大成，荷蘭警探終於捕獲兇手，千里迢迢找到露絲以便告訴她真相，然後在一連串的婚禮（包括露絲與艾迪這一對在內）、葬禮中，結束了本書跨越歐美大陸、縱橫人生數十年的浩蕩旅程。

《一》書裡遼闊的視野和廣大的活動空間，可以說正是爾文小說的共同特點，不過在他稍早的作品如《歐文·米尼的祈禱》（*A Prayer for Owen Meany*），以及他在國際文壇的成名作《加爾珀的世界》（*The World According to Garp*）中，爾文真正的焦點僅放在一個人物的身上，從而塑造出了有血、有肉、有感情深度、有靈魂思想、活生生、動人的角色。《一》書的主角固然如書名所影射的，雖僅露

絲一人，但爾文的用心卻至少在三個人物的身上，焦點分散的結果，於是露絲・寇爾若和歐文・米尼的撼人心弦，或者和加爾珀的天馬行空對照起來，無形中實便黯然失色了！

　　只是這樣求好心切的評語，並不能抹煞《一年寡婦》的文學價值，爾文所刻劃的許多次要角色，因其光芒沒有受到露絲的掩蓋，反而發揮了巧妙的相乘效果，成為爾文作品裡難能可貴的寶藏，例如泰德在他的一次偷腥行動裡栽個大跟斗，令人忍俊不住；艾迪窮其一生尋覓初戀滋味的努力，從爾文的筆下寫來，也是既幽默、又感人，稱得上作家所有創作裡難得的佳篇。這些豐富的人物與鮮活的時刻，形成了本書令人難忘的特色，也使讀者在閱讀過程中，體會得無窮的樂趣（請參閱〈英國春天小說市場的美國潮〉一文）。

在科幻小說潮流的夾縫間

　　放眼歷來稱得上「偉大」的科幻小說家，似乎都有這麼一點兒妄想症，而他們所處的時代背景，說起來彷彿也都有這麼一點兒瘋狂！例如赫胥黎（Aldous Huxley）在撰寫《美麗新世界》（*Brave New World*）時，正是經濟蕭條的陰影籠罩全球之際；歐威爾（George Orwell）完成《一九八四》（*1984*）時，正時值二次世界大戰結束不久；而布拉德布利（Ray Bradbury）創作《華氏四五一度》（*Fahrenheit 451*）時，面臨的則是美國參議員麥卡西（McCarthy）在冷戰之初所激烈挑起的反共風潮。

　　這些作品之所以膾炙人口，乃是因為作家竭盡所能地想要說服讀者，他們的「妄想偏執」自有道理，並非空穴來風，於是他們筆下所虛擬出來的王國，處處都有現實世界的借鏡，引得讀者心有戚戚焉，絲毫不覺得書中所述只不過是子虛烏有！

　　另一類廣受歡迎的科幻小說，走的則完全是「奇幻」（fantasy）路線，以托金（J. R. R. Tolkein）與布拉屈為其代表。奇幻小說家並沒有上述大師們那種「天將降大任於斯人也」的危機感與使命感，只意在幫助讀者獲得暫時逃避現實的快慰，因此他們的創作隨心所欲、天馬行空，絕不板起臉孔來說教，而其繫人心處，從布拉屈《磁片世界》小說系列風靡英語書市無數讀者的情況看來，也就可見一斑了。

在不列顛成名已久的億恩・班克斯（Iain M. Banks），顯然一直有心朝著第一類科幻小說家的方向看齊，不過無論他再怎麼努力，卻始終都被書評人排在第二類作家的行列裡，連他在一九九八年問世的作品《天旋地轉》（*Inversions*），以半寫實文學體例、夾雜黑色幽默並賦予悲觀基調的嘗試，亦屬枉然。

以兩條故事主軸同時並進的《天》書，與七〇年代間橫掃大西洋兩岸的科幻影集〈胡博士〉（Doctor Who）頗有異曲同工之妙，敘述一位來自遠方的女博士，如何救助了病重的國王，於是引起了多位覬覦王位已久的公爵嫉妒不滿，幾乎導致了博士慘遭強暴凌虐之厄。幸運的是，女博士因有神奇的力量護身，得以逢凶化吉，不幸的是，正因讀者從一開始就知道博士不可能面臨太過慘酷的命運，這條主線也就失去了張力。

另一方面，鄰近的土地上也有不少邪惡的情事持續發生，於是我們看到一位勇敢的護衛如何一再擊退前來謀殺將軍的刺客，又如何與一位歷盡滄桑的妓女結識的經過。這條主線裡充滿了中古世紀的味道，班克斯極力鋪張其中嚴苛暴虐的場景，無形中又有一種舞台劇的色彩，從而缺乏了一種動人的真實感。

平心而論，從班克斯在寫實小說上所展現的功力來說，他絕不是泛泛之輩，但在進入科幻小說的寫作領域時，他卻因在兩大潮流的夾縫間游移不定，反而頗有「畫虎不成反類犬」之嫌。由他在《天》書裡明顯隱射南斯拉夫內戰，以及蘇聯帝國瓦解的情況上看來，我們知道他果然很有自比赫、歐、布氏諸人的雄心，不過因為他對現實世界

的描繪過於粗糙，並不像《美》、《一》、《華》等書的細膩刻劃，因此讀者即使明白作者的用心，卻也無法產生真正的共鳴。換句話說，班克斯若想要突破困境，躋身科幻小說的「大師」之流，其首要之務，畢竟還是要先認真檢視自己科幻靈魂裡的妄想因子啊！

浪子塞爾夫

　　在英國新一輩的年輕作家中，年屆三十七歲（一九九九年）的威爾・塞爾夫（Will Self），可以說是其中知名度最高、最令讀者望之生畏，但也在文壇上最具有舉足輕重分量的角色。他之所以知名度最高，是因為塞爾夫跟當地視新聞寫作為畏途的「純」作家全然不同，對於報導與評論性文章自有一份熱愛，結果他不僅定期在倫敦《泰晤士報》（*The Times*）與《她》（*She*）雜誌上抒發其生活中的所思所感，也在《觀察者報》（*Observer*）上開闢了一個品評餐廳飯館的專欄，建立了「美食專家」的聲譽；他之所以最令讀者望之生畏，是因為塞爾夫自十七歲起，便一直有著吸毒的問題，既導致了他被牛津大學退學的處分，也曾在一九九七年間傳出極大的醜聞，因此塞爾夫從外表上看來自有一種歷經滄桑的冷酷形象，而他的文字裡也總是帶著陰鬱、晦暗的色彩；至於他之所以在文壇上最具有舉足輕重的份量，則毋寧是根源於他作品本身的價值——截至目前為止，塞爾夫已出版過《瘋狂質量理論》（*The Quantity Theory of Insanity*）、《垃圾與謊言》（*Cock and Bull*）、《我對樂趣的概念》（*My Idea of Fun*），以及《灰色地帶，偉大猿猴》（*Grey Area, Great Apes*）等長篇小說，皆可謂備受推崇，另外還有一部佳評如潮的新聞寫作選集、一部中篇小說，再來便是一九九八年間所問世的短篇小說集《給堅韌男孩的強韌玩具》

（Tough, Tough Toys for Tough, Tough Boys）了！

　　《給》書雖然是眾多小品的合集，但挾著塞爾夫浪子的盛名，跟他其他的著作一樣，甫推出便成為書評家與讀者矚目的焦點。簡而言之，這是一本對貪汙、腐敗、卑劣行徑充滿了辛辣譏諷的作品，蒐集了他在過去幾年中陸續完成的創作，而「性」與「自戀」，則是各個篇章裡所共同呈現的主題。

　　全書中最出色的故事，可以說便是〈與麗池同大的裂縫之岩〉（The Rock of Crack as Big as the Ritz）以及〈臨創獎〉（The Nonce Prize）等兩篇。兩者都是現代倫敦低層社會的典型景象，不過卻提供了兩個截然不同的視角——前者是由一名白色人種的吸毒遊民做敘述，後者則由一名患有毒癮的黑人丹尼（Danny）做觀察。其中〈臨創獎〉一篇，指涉的是一個為性罪犯所虛設的文學創作獎項，隨著塞爾夫的文字描寫，監獄囚房裡的恐怖世界簡直歷歷在目，直有撼人心弦的具體效果。

　　塞爾夫自承他很少閱讀其他作家的作品，不過巴拉德（J. G. Ballard）不僅是他最崇拜的當代英國文豪，也是影響他文字技巧最深的作家，殊不知巴拉德本人對塞爾夫也是情有獨鍾，可見在低調冷峻的寫作風格裡，塞爾夫確已可稱得上是自成一家之言了。只不過繼《給》書的沮喪描繪後，塞爾夫刻正撰寫的長篇小說訂名為《死者》（Deader），顯然將是一部更加悲觀黑暗之作，想到浪子內心源源不絕的幽暗思慮，倒真不禁教人感到有點不寒而慄呢！

輯四

遊記、傳記與日記

本書最後一部分，將各種遊記、傳記、日記式的文體歸成一個大類，而在這方面的體裁之中，英倫書市提供了愛書人極其豐富的寶藏。

　　輯四一開始首先推介了兩部遊記作品（〈南非物語〉及〈別跟山過不去〉），恰是兩種不同的典型，孰優孰劣恐怕是見仁見智的問題，不過讀者從對它們的描述中，或許可以一窺現今遊記文學的兩大趨勢。

　　傳記誠然是本輯真正的重心，介紹了從史上不知名的小女子，到已逝的文學家，再到今天國際政壇炙手可熱的人物等，但無論被做傳的對象是何種身分地位，寫傳的作者若有深厚的功力，則任何一部傳記皆可為鏗鏘有力之作，為讀者提供最生動的歷史素材、人物心理、因果變化……，既是知性的觀照，也是充滿感性的交流。

　　至於日記類作品，這裡僅介紹了荷蘭少女安‧富蘭克（Anne Frank）的日記。安悲劇性的一生十分短暫，但她的筆觸卻洋溢著青春活力，看她把匆促的生命唱成一曲有聲有色的樂章，令我的心震顫不已。

南非物語

連續入圍一九九四、一九九五屆「布克獎」的英國小說家喬斯
汀・卡萊特（Justin Cartwright），雖然至今仍與布克桂冠失之交臂，
他在不列顛文壇所奠定的地位，卻已足使他動見觀瞻！而或許便是因
此緣故吧，繼《馬賽夢幻》（*Masai Dreaming*）和《在我所遇見的每
張臉》（*In Every Face I Meet*）兩部提名佳構之後，卡萊特暫時停止了
小說創作，改以一本半日記體、半自傳性的文化漫遊記《還未到家》

喬斯汀・卡萊特（Justin Cartwright）與本書作者合影；鄧卓攝影。

（*Not Yet Home*）與讀者見面，展現了他另一面相的寫作才華。

　　卡萊特出生於南非，雖然早在三十年前業已負笈前去美國就讀，隨之轉往英國牛津大學深造，最後並選擇定居倫敦，南非文物與生活經驗對他起步不能算早的筆墨生涯，實有極其深遠的影響！如《在我所遇見的每張臉》中，儘管故事梗概旨在敘述平凡的倫敦客安東尼（Anthony Northleach）生命中不平凡的一天，作家卻巧妙地把人物內心世界，和遠在天邊的黑人英雄尼爾遜・曼德拉（Nelson Mandela）獲釋的背景安排得環環相扣。

　　因此對於有心一窺方剛摒棄「隔離政策」（apartheid）後南非眞相的讀者們而言，卡萊特的新作毋寧是不可多得的導讀篇章──作家對當地的認識與評析，既有著「在地人」的深入和細膩，又有著「異鄉人」的客觀與敏銳，於是能夠撥開重重政治迷霧與種族歧視的陷阱，帶領讀者進入一個刻正邁向新境的國度，令人一新耳目之際，也不可避免地直視錯縱複雜的問題核心。難怪《還未到家》甫問世，英國廣播協會乃決定以本書爲藍圖，邀請作家爲久富盛名的《彙編》（Omnibus）系列製作電視紀錄片，以便引導觀眾展開一段豐富之旅……。

　　不過，無論有無現代視聽科技的錦上添花，卡萊特獨到的觀察與犀利的筆鋒，已足教《還》書讓人讀得津津有味！好比將梭威託（Soweto）稱做約翰尼斯堡（Johannesburg）的「頸部甲狀腺腫」吧！對於明白兩地空間位置與運作關係後的讀者來說，這一形容豈可不謂神來之筆哉？

　　此外，卡氏以低調處理自傳性文字，採用不同人物生命片段來烘托南非今昔之比，也是使本書能在同類型著作中脫穎而出的重要元素之一。當我們隨著卡萊特的尋訪，終於在日本翻譯漫畫堆裡找到當地雕刻家何路恩（Jackson Hlungwane），又看見雕刻家的著名作品孤零零地立在爲人遺忘的樹林裡時，南非本土藝術所面臨的窘境立時具象化了起來；但當我們探索何路恩的傳人侯威茲（Brandon Hurwitz）離奇的一生，先聞得他的死訊，後又意外在某一部落裡見到他本人時，這塊土地所散發出神秘而引人的戲劇性色彩，又卻是那麼不言可喻地教人發出會心的微笑了……。

　　個體是構成社會的單元，人文因子畢竟還是創造不同文化最主要的動力。卡萊特的遊記，別出心裁地選擇南非眾生相作爲觸角切入，難怪能使這個曾在國際間倍受爭議的國度，於從未履足、毫無瞭解的讀者心目中，竟也不期然地留下了鮮明、不可磨滅的深刻印象。

別跟山過不去

　　比爾・布萊森（Bill Bryson）之所以能在二十世紀末的遊記文學裡占有獨特的一席之地，在於他發明了一種嶄新的旅遊寫作風格。在布萊森之前，大多數的英語遊記作家們總是以「探險家」的姿態蒐羅各地奇風異俗，然後再以「文學家」的架式描述不食人間煙火般的美景，或以「史學家」的威嚴記載當地的歷史、文化，乃至風俗習慣與社會傳統的由來。這對作家本身來說，或許相當富有意義，但對廣大的讀者而言，卻往往變得十分無趣。

　　可是布萊森就不一樣了！正如他自己所指出的：「我只是一個普通的遊客，一個出遠門時有點緊張、有點焦慮、有點迷失的旅人。」於是當他從這樣一個單純的角度出發，以慧黠、敏銳兼且詼諧的筆法寫下他的所見所聞時，難怪無數讀者們要驚喜地發現，竟然有人可以如此真切地捕

暢銷遊記作者比爾・布萊森（Bill Bryson）；Jerry Bauer攝影，Transworld出版社提供。

捉住他們的遊歷經驗，並說出他們的旅遊心聲，從而緊緊擁抱這位能夠寫活了「平凡人事」的不平凡作者了！

在他的第一部遊記《一腳踩進小美國》（*The Lost Continent*）中，布萊森借了他母親的車子，在美國中部的小鄉鎮裡穿梭了一萬四千英哩；第二部遊記《歐洲在發酵》（*Neither Here Nor There*），敘述的是他在學生時代坐火車遊歐陸的冒險。兩本書都已出版了將近十年之久，但至今均依然雄踞英國暢銷書之列。

只是《一》、《歐》二書的銷售成績，一旦和他的第三本著作《哈！小不列顛》（*Notes From A Small Island*）比較起來，卻幾乎有如小巫見大巫！這本書是布萊森九〇年代的不列顛獨行回顧，與他七〇年代間駐英工作的經驗相互印證，自一九九五年問世以來便席捲了英倫書市，始終在排行榜上高居不下，其對人、事、物荒謬面的細膩觀察與生動的刻劃，引得英國書迷們一個個捧腹大笑不已。

因此不難想見的是，經過兩年的等待之後，當布萊森於一九九八年十一月間，終於推出了他的第四本遊記《別跟山過不去》（*A Walk In The Woods*）時，讀者們該有多麼期待了，而為解決預想中供不應求的盛況，出版社在第一版精裝本便先印行了十萬冊，也成了不列顛書市的一項創舉，彷彿「布萊森」已不再只是一位成功的作家，同時也是一個熱賣的「品牌」，保證著犀利的「英式幽默」。不過對於抱持這樣先入為主印象的老少讀者們來說，《別》書恐怕卻是會令人大失所望的。

一九九六年初，布萊森決定一反常態地背起登山行頭，徒步穿越

《別跟山過不去》書影：
Jacket by David Cook，
Transworld出版社提供。

全世界最長的山道，亦即美國阿帕拉契山脈（Appalachian Trail），與他同行的，是他學生時期的一位好友史蒂芬・凱茲（Stephen Katz）。凱茲曾是他在《歐》書中的旅遊搭檔，因此布萊森迷們對他應該不算陌生。

問題是阿帕拉契山脈實在太過人跡罕至了，連在布萊森出發前所幻想可能遇見的野生動物都「獸煙」稀少，偏偏布氏遊記最精彩之處，往往是出現在旅程中偶發的對話，陌生人間奇妙的互動，以及人與環境間的有機連結，而整個寂靜的阿帕拉契山裡卻完全缺乏這些元素，結果布萊森終於回到了傳統的遊記創作上，寫樹、寫山、寫歷史，他「普通遊客」的觀點，化成了躍然紙上的倦怠感，至於所有的笑料，則只好由迷糊的凱茲來提供了！怪不得布萊森最後決定把《別》書獻給他的這位老朋友。

也許有人會說，繼登峰造極的《哈》書之後，《別跟山過不去》的相形遜色自是難免，無需大驚小怪。然值得注意的是，《別》書果真只是作家的「小憩」嗎？是布萊森企圖尋找新風格的探索？還是他竟已到了技窮之地呢？這些問題，唯有時間才能加以證明了。

利多頓四千金

　　歷史學家席拉・富萊區（Sheila Fletcher）在撰寫維多利亞時代教育改革的專著時，注意到了利多頓勛爵（Lord Lyttelton）這一位活躍於十九世紀中葉的人物。不久之後，她更驚喜地發現，利多頓家族保留有詳細的日記與繁密的書信，多出於勛爵所生四名千金的手筆，深深觸動了富萊區的好奇心。於是作者在完成既訂計畫後，隨即全力投入利多頓家庭史的研究，而終於在一九九七年內推出《維多利亞女子：利多頓勛爵的女兒》（*Victorian Girls: Lord Lyttelton's Daughters*）一書，對維多利亞時代女性的生活，有著精彩細膩的描繪。

　　富萊區從所有未曾出版的一手資料中，捕捉住瑪莉兒（Meriel）、拉維妮亞（Lavinia）、露西（Lucy），以及早逝的梅（May）等四位利多頓女子的音容笑貌，將她們由湮沒的歷史中，栩栩如生地呈現在讀者面前，彷彿奧斯汀筆下小說的女角復生，令人無限愛憐。

　　利多頓勛爵本身是十九世紀貴族中的隱士，雖然是劍橋一八三〇年代最出色的古典學者之一，曾將密爾頓（Milton）的詩集翻成希臘文，極受推崇，不過勛爵只把學術當成興趣，無意仕宦。然陰錯陽差的是，勛爵對於女性教育改革運動十分支持，結果一九六九年時教改成功，利多頓勛爵難以拒卻地成為全英第一座女子文法學校的董事長，而他的四個女兒，也因此得以獲得正規的學校教育。

　　勛爵與第一任妻子共育有十二名子女，瑪莉兒、拉維妮亞、露西和梅便是其中之四，她們雖然都極富才華，但基於社會價值觀，十七歲從學校畢業便不再升學，改以專攻歌、舞、義大利文，並積極參加社交活動，以便物色未來的伴侶，正如艾略特（George Eliot）所曾描述的，舊時女子扮演的只不過是「輔助及提升男人」的角色而已，但是當家庭悲劇發生時，利氏千金溫柔而強韌的力量，卻才是支撐著整個家族，使之不致崩潰的擎天巨柱。

　　在勛爵夫人謝世之後，瑪莉兒等人先後責無旁貸地負起母職，而更難能可貴的是，利多頓勛爵再婚數年之後，因憂鬱症自殺身亡，但在視自殺爲極不名譽的時代背景下，這幾位利氏女兒卻毫不以此爲恥，反而對父親抱以深刻的同情，終其一生不減對父母、家人的愛，於富萊區生動的鋪陳中，讀來教人動容。此外值得一提的是，露西曾經擔任維多利亞女王的侍女長，她在日記中有關女王的描寫，可謂今日最有趣的重要史料之一。

　　傳記文學一直是不列顛書市最受歡迎的文體，不僅著名人物的傳記迭有佳篇問世，像本書這樣以四位名不見經傳女子爲主體的題材，又何嘗不使讀者愛不釋手？畢竟，《維》書寫出了昔日英國活生生的一個側影，也在女性歷史的承傳裡，刻劃了女人生活微妙的轉變。

奧斯汀傳奇

　　自從大西洋兩岸在一九九五年突然刮起了珍・奧斯汀（1775-1817）的偌大旋風以來，數年來這股熱潮至今依然未曾消褪，而隨著過去幾屆聖誕節期間，奧斯汀作品及相關出版物在英倫書市的暢銷，一九九七年冬季又有兩部珍・奧斯汀的傳記，以出版社超級強棒的姿態相繼問世，足見這位十八世紀末的英國女作家是多麼具有魅力了！

　　倫敦國王學院（London King's College）的英語文學教授大衛・諾克斯（David Nokes），以十分戲劇化的筆法撰述了厚達五百多頁的《珍・奧斯汀》（*Jane Austen*）；身兼文學編輯、傳記家與小說家等數職的克萊兒・湯瑪林（Claire Tomalin），則以嚴謹而感性的風格創作了《珍・奧斯汀傳》（*Jane Austen: A Life*）；借用不列顛書評人費・威爾登的話來形容，兩本書都是「一時之選」，而且在所有已經問世的奧斯汀研究論叢裡，兩者更都「出類拔粹，更為讀者們提供了嶄新的觀察視角」。

　　有趣的是，這兩本新作不但由同一個新切點切入主題，亦即由作家的家庭史來呈現不同面相的奧斯汀，此外，兩冊《珍》書也都同時採用了專家戴麗・拉費（Deirdre Le Faye）所發表的研究素材，然而令人驚訝的是，這兩部著作的結果竟是如此迥異，於是對喜愛傳記文體或者熱愛奧斯汀的書迷們來說，這兩部《珍》書實均不容錯過，因

為兩者加乘起來，它們所帶來的趣味可真是不同凡響。

在諾克斯的《珍》書裡，作者並不解釋、引導，而著重在「說故事」，他所真正感到興趣的，毋寧是奧斯汀一家，接下來是奧斯汀本人，最後才是奧斯汀的作品；但在湯瑪林的《珍》書中，作者卻企圖在奧斯汀的童年生涯與日後的心理狀態間尋找來龍去脈，她真正感到興味的，是對奧斯汀創作動機的分析與描摹，其次才是對奧斯汀個人的好奇，最後則是對奧斯汀一家的探索。

也因此諾克斯與湯瑪林都在書中花費了不小的篇幅，介紹奧斯汀的表姐伊萊莎（Cousin Eliza），因為奧斯汀的小說《蘇珊小姐》（*Lady Susan*），便是從伊萊莎身上獲得的寫作靈感。不過讀者在比較兩本《珍》書之餘，卻很容易發現，諾克斯為伊萊莎這位曾經確實存在過的奇妙女性深深著迷，但讓湯瑪林震撼不已的，卻是奧斯汀加工改造過的伊萊莎，也就是蘇珊小姐。便是這點微妙的差別，使得湯瑪林在全書的最後加了一個附表，用以探討珍‧奧斯汀所罹患的疾病，以及該病症狀對作家所造成的影響；可是相對之下，諾克斯的作品裡則為讀者描繪出了感人至深、強而有力的奧斯汀病危一幕，而對作家的病情未曾提供任何診斷。

總而言之，閱讀諾克斯的傳記，彷彿觀賞一齣高潮迭起的歷史劇，奧斯汀一家便是劇中主演的人物；欣賞湯瑪林的傳記，則好似品嘗著浪漫動人的詩篇，透過與奧斯汀內心世界的交流和對話，小說家筆下虛擬的角色終於靈動地活轉了下來。要在二書之間分出高下絕非易事，只能端看讀者個人的品味而定了。

誰是最傑出的女作家？

不知是出於有意的安排，抑或無心的巧合，不列顛出版市場上，一九九七年間同時出現了兩本著名女作家的新傳記——何蜜翁・李（Hermione Lee）的《維吉妮亞・吳爾芙》（*Virginia Woolf*），以及羅絲瑪莉・阿胥頓（Rosemary Ashton）的《喬治・艾略特傳》（*George Eliot: A Life*）。由於吳爾芙與艾略特均是英國文壇最具有「偶像」地位的女作家，各有陣容堅強的擁護者，於是在出版社與簽約書店的造勢之下，一場孰好孰壞的爭論就此掀起，唇槍舌戰，好不熱鬧！

其實吳爾芙（1882-1941）與艾略特（1819-1880）自有其相似之處，兩人都學富五車，在出版小說之前，均曾固定為報社擔任書評的撰寫，她們強烈的個人意識，也都使其作品充滿追求自由的傾向，同時正如書評人瑪麗安・布雷斯（Mariane Brace）所指出的：「雖然珍・奧斯汀與白朗蒂姐妹可能會有更加廣大的讀者群，然而所有執筆寫作的人們，卻往往對吳爾芙及艾略特有著更深的敬意！很多現代作家喜歡嘗試為奧斯汀和白朗蒂的小說創作續集，但是有誰膽敢僭越地替吳爾芙或艾略特添加續篇呢？」因此李與阿胥頓的傳記中，也便都企圖在追尋各人心儀作者的生命歷程之餘，為她們作品中的偉大與獨特之處，做出個人的詮釋。

不過更進一步加以分析，吳爾芙和艾略特卻有更多的不同點。吳

爾芙自己便曾經這麼說過：「閱讀艾略特的作品，才知道我們對她有多麼不瞭解！」換句話說，艾略特的作品與她的生活經驗之間，並不見得有著密切的關聯，反之吳爾芙的作品和她的生活卻是完全分不開的，從她問世的書信、筆記、散文裡，讀者幾乎便能栩栩如生地捕捉住吳爾芙複雜的感情與思想。

何蜜翁·李認為，吳爾芙作品中強烈的女性主義色彩與情感矛盾，加上她在現實生活中曾經罹幻精神分裂，最後走上自殺的命運，可以說是使吳爾芙在後人心目中留下極浪漫形象的主要原因，而現代人對亂倫、凌虐等主題的關心及興趣，也是使吳爾芙作品能夠一直跟得上時代潮流的重要因素。

相形之下，阿胥頓則以為艾略特的小說，是源於她對人性不妥協的看法而來，因此在她的作品中，人物決定情節，人物變成了情節，對人性有著深刻的體會，同時她筆下所呈現的多是一個完整而靜態的、過去的世界，其對維多利亞社會廣泛且深入的描繪，鮮少有人能出其右，而在讀者開始摒棄以多變生活與情緒為主的女性作品之際，艾略特對「如何在無信的宇宙裡過人性生活」的關注，更突顯了其作品的時代意義。

在支持及反對李、阿二式論者熱烈的辯論聲中，要在吳爾芙與艾略特之間分出高下，殊非易事！唯阿胥頓稍早已曾為艾略特的出版家兼情人喬治·盧士（George Henry Lewes）做了傳，新作裡對艾、盧二人充滿動力的公、私關係自有更為細膩而圓滿的洞察，因而若在李、阿二書之間加以比較，後者倒可以說是略勝一籌的。

心靈與智慧的窗口——何默思筆下的柯爾雷基

　　傳記作家理查，何默思（Richard Holmes），早年曾出版過一本風格獨具且評價甚高的自傳，書中於述及他十八歲那年追尋歷代英國文人足跡而翻山越嶺、餐風露宿的經驗時寫道：「在那些個不眠的夜裡，我不斷聽見聲音，可是當我極目遠眺，除了滿天星斗外，卻什麼也不見，於是我只好枕在草地上，幻想著已故者生命的再現……。」

　　自此以往，何默思所從事的便是一份不斷將逝去的大師們帶回今日人間的工作——他捕捉住了雪萊（Percy B. Shelley, 1792-1822）興奮而急切的狂熱；再現了柯爾雷基（Samuel Taylor Coleridge, 1722-1834）年輕時令人同情的荒誕；並且暴露了約翰生（Samuel Johnson. 1709-1784）在規律生活背後對於「騷亂」所潛藏的迷戀。何默思的每一本作品都以精鍊的筆墨革命化了傳記文體，以優美的文字及二十世紀末已漸少見的熱情，深刻地形塑了文學家的思想、人格與生活的點滴。

　　而在作家筆下復活的眾多英國文人之中，柯爾雷基似乎是受到偏愛的一位！繼何默思兩本備受推崇、有關柯爾雷基生平研究的著作之後，一九九六年暑假期間，傳記家再次出版了新作《柯爾雷基：靈魂的詩篇》（*Coleridge: Spiritual Poems*），精選他最愛的一百零一首詩，一一和柯爾雷基的文學及哲學生涯相互印證，細加註解。

　　本書所強調的是何默思對柯爾雷基多年的投入之後，個人化的心得與認識，彷彿爲一位相交數十載的老朋友做傳，對其某些事蹟與詩作的好惡，並不完全是基於客觀的理由，而是滲入感情因素後的結果。何默思指出，這一百零一首詩並不都是柯爾雷基最著名的作品，但當他追隨柯式腳步踏遍大半個歐洲之際，這些詩句卻是最時刻縈懷在心，最能貼切表達詩人不同時期心境的佳構，於是何默思在字裡行間也若有似無地暗示著，他所挑選的這些詩作，相信必然也會是柯爾雷基本人最心愛的作品……。

　　正如劍橋大學英語文學教授珍妮佛・華勒斯（Jennifer Wallace）在評論本書時所讚賞的：「難能可貴的是，何默思對科爾雷基心靈的感應並沒有流於濫情，所以除了選輯他所欣賞的詩篇外，更以此襯托出作家豐富的文學生命！……此外柯爾雷基對『思考』擁有極大的興趣，有時爲捕捉乃至檢驗獲取靈感的方法，甚至不惜採取自虐性的手段。何默思顯然深深受此吸引，因而在每一首作品之後，也都以極爲典雅的文筆，追溯柯式當初的創作動機及靈感泉源。……這些精闢的分析與生動的描寫令人嘆爲觀止，因爲我們看見的，是一位傑出作家對另一位偉大作者之創作掙扎所做的感性探索……。」

　　難怪在何默思的筆下，柯爾雷基的靈性篇章能夠引起讀者內心深處偌大共鳴！傳記作家以不同的面相切入，再次把柯爾雷基具象化地介紹給了今天的讀者，使這位在兩百多年前致力揭露生活與思考本質的詩人兼哲學家，以其創造活力及對快樂與絕望的體會，爲邁向廿一世紀的社會開啓了一道屬於心靈和智慧的窗口。

王爾德百年旋風

一八九七年，奧斯卡・王爾德（Oscar Fingal O'Flabertie Wills Wilde）從雷定（Reading）監獄獲釋，隨即決定孤身離開英倫，在歐陸度過了他的殘生。孰知這個在世時孤獨的靈魂，一百年之後，竟然成為故國書市最搶手的題材之一！人世之荒謬與難料，何甚於此？

隨著九七年間所推出強檔電影《王爾德》（Wilde）的造勢，各種與王德爾有關的著作紛紛趁熱上市，例如作家機警雋語的匯編、學術性論述、跟電影結合的圖片畫冊，乃至同性戀的歷史研究……等，簡直教人眼花撩亂。

其中，主演「王」片的英國喜劇演員兼作家史蒂芬・富萊（Stephen Fry），因其睿智、外型、個性、才情與性向等因素，贏得了「九〇年代王爾德」的稱號，而他的自傳《天生英才》（Nothing……Except My Genius）裡的自序，有一大部分是在談王爾德，可說是一般想要瞭解王爾德才情與智慧的讀者，最佳的入門引導。

對於想要探索王爾德內心世界，但又懶得花太多時間和力氣閱讀原著的人們而言，歐萊恩出版社（Orion）所編纂的《王爾德的機智與格言》（The Wit and Maxims of Oscar Wilde），和勞德尼基（Stefan Rudnicki）所撰寫的《王爾德：小說》（Wilde: The Novel），毋寧是相當便利的書籍。前者以精美的包裝，摘錄了作家生前無數的諧語；後

　　者倒有點像「王」片電影劇本的小說版，把王爾德其人其事都做了化約式的交代。

　　梅林·賀蘭（Merlin Holland）整理的《王爾德相簿》（*The Wilde Album*），無疑地是這一波書潮裡最好的出版物，書中不僅包含了王爾德之孫為他所寫的一篇精采小傳，也蒐羅了許多作家筆下的卡通、速描、未曾出版的照片及書信……等，值得所有王爾德書迷們貼心收藏。

　　至於公共紀錄室（Public Record Office）所發行的重要文件複印本《奧斯卡·王爾德：審判與刑罰1895-1897》（*Oscar Wilde: Trial and Punishment, 1895-1897*），則提供了王爾德劇作最後一場表演的節目單、作家好友寫給維多利亞女皇的求懇信以及王爾德審判法庭上原告與被告的證言……等。對一般讀者來說，幾乎無所謂好壞，因為這套資料與其說是「讀物」或「作品」，不如說是學者治學時所需的重要史料，其研究「價值」倒是毋庸置疑。

　　不過綜覽了上述形形色色的最新出版品之後，讀者諸君若有意檢驗王爾德的文學成績，認識這位百年之前的天才作者，除了回頭去閱讀作家手書的各種文學創作之外，恐怕並無其他更好的捷徑呢！

尋找普里斯利

對國內讀者而言，普里斯利（J. B. Priestley, 1894-1984）可能是個頗為陌生的名字，這或許是因為他作品裡強烈的社會主義性格，也或許是出於他字裡行間濃厚的北英格蘭地域性色彩，然不可諱言的是，他確是不列顛近代最多產、最成功、寫作技巧最圓熟的小說家、劇作家、傳記家、評論家，乃至廣播人之一，他早期犀利的評論文字如《英式幽默》（*English Humour*, 1929）、《英國旅程》（*English Journey*, 1934）等，此刻依舊膾炙人口；他在二次大戰期間為英國廣播協會（BBC）所撰寫、製播的《新聞後語》（*Postscripts*, 1940），可以說是廣播宣傳史上最重要的節目之一，紮實了戰後英國的社會主義傾向；而他的劇本《警探來訪》（*An Inspector Calls*, 1946），則不僅曾數度被搬上電影銀幕，其舞台劇版本在倫敦

J. B. 普里斯利雕像；Jack Rawnsley 攝影。

西區至今也仍上演不輟，是探討社會公義最有力的聲音！

此外有趣的是，做爲一個飲食男女，普里斯利也可以說是一位「矛盾」的見證者。表面上看來，他是這麼一個嚴肅、平靜的約克夏（Yorkshire）鄉人，但實際上終其一生，他卻一直活在一種強烈的情感掙扎中，甚至令人不禁十分懷疑，他怎麼有心思和精力專注於從事源源不絕的創作？

受到如此多面光環的吸引與迷惑，在普氏去世十多年後的今天，不列顛傑出記者獲獎人茱蒂絲·庫克（Judith Cook）終於決定藉由作家傳記的著述，來探索普里斯利內心最深處的世界，她在一九九八年間完成的《普里斯利傳》（Priestley），也因此成爲市面上各種有關普氏生平的著作中，企圖全面呈現作家感情生活的首次嘗試。

在普氏遺孀和子女的協助下，庫克得以接觸許多在此之前未曾公開的私人信件、檔案及手稿……等一手資料，從而密切地檢視了作家與其三任妻室的婚姻、與衆多情人的關係、與其子女的親情，以及與多位同時期重要作家、政治家和演員，包括現代科幻小說之父威爾斯（H. G. Wells）、前工黨閣魁威爾遜（Harold Wilson）、默片喜劇大師卓別林（Charlie Chaplin）……等在內多位好友的交誼，使讀者間接體會了普里斯利豐富澎湃的感情，從而在偉大心靈互相激盪而迸發的智慧火光裡震撼不已。

普里斯利向來爲自己能夠寫出言之有物，又能被廣大群衆接受的作品而衷心喜悅，他的論文固然可能算得上是他最好的創作類別，但他的戲劇又何嘗不都是雅俗共賞的佳篇？事實上，普里斯利作品最重

要的一個特色，便是他寫活了英國社會的中堅分子——亦即品味處於
高蹈與隨俗之間，年屆中、壯之年的中產階級。普氏的作品泰半是爲
了這群普羅男女而寫，正如他認爲自己便是這些平凡衆生之一員。當
他的筆下能夠傳神地反映出了這個階層群衆的美德與惡習時，難怪他
的作品可以在感動無數過去的讀者之餘，也引領今日的大衆深思自省
了。

　　做爲時代的良心與代言人，同時也是一個多元、複雜的個體，普
里斯利仍有太多的面相值得有心人研究、探討。庫克的作品或許爲我
們掀開了大師顯爲人知的面紗一角，但要爲普氏的歷史定位下結論性
的註腳，卻還有待未來更多傳記作者的努力耕耘。

落葉飄零總歸根

在張戎享譽海內外的《鴻》書中，作者以深入淺出的筆調，敘述
了她祖母、母親及她自己的故事，由這祖孫三代間的經歷，讀者咀嚼
了中國近、現代女性生命史的起起落落，也品嚐了中原神州過去近一
百年來的震盪與變化。

《鴻》書所引起的熱烈迴響，促使英、美、加各大出版社紛紛跟
進，嚴君玲所著的《落葉歸根》（*Falling Leaves*），便是趕搭英倫一九
九七年這班出版列車問世的作品，副標
題〈一位受到遺棄的中國女兒的眞實故
事〉（*The Ture Story of an Unwanted
Chinese Daughter*），提醒人們這是一部
中國女子的傳記，出版社的介紹詞中也
不忘強調本書的時代背景，暗示著東西
文化的交會以及香港九七大限對作者生
活的意義。顯而易見的，這些動作無非
是在深化《落》書與《鴻》間的聯想，
期以做爲促銷的手法之一。

《落葉歸根》書影；cover by
Kim McGillivray，Michael
Joseph出版社提供。

然平心而論，將《落葉歸根》與
《鴻》強做比較，既是對讀者的誤導，對

兩位作者來說也失之公平；尤有甚者，在大西洋兩岸最近掀起的這波中國女性生命史書潮裡，《落葉歸根》毋寧是其中和《鴻》最為不同的一部。

年屆六旬的作者，以婉約的筆觸娓娓細數自己半世紀來的心路歷程，她側重描寫的是家庭成員彼此間的關係，自傳裡暴露的是富商家中暗流洶湧的貪婪、憎恨、嫉妒、謊言、虛偽和陷害，雖然中國的時代悲劇無可避免地波及顏氏一族，

嚴君玲近影；Jason Bell攝影，
Morag Pavich提供。

但嚴君玲不幸的童年，畢竟是家人而非歷史造成的錯誤！也因此《落葉歸根》雖不像《鴻》那樣有著澎湃激越的大時代感，卻另有其繫人心處，畢竟當作者能夠栩栩如生刻劃出人性醜惡、狠毒，還有善良與愛的一面時，文化的藩籬便不再是障礙，無數讀者的心弦也將如此動聽地被撩撥起來……。

嚴氏出生於一九三七年的天津，父親是成功的商人，姑婆則早在一九二四年便創辦了上海女子銀行，家世可以說十分顯赫。中日大戰爆發之後，舉家遷往上海，住在法國租界地內，所以戰火之慘酷似乎不見得對作者真有太大的衝擊，她個人的悲劇成因，在於母親生她時難產去世，於是被家人視為「剋星」，頗受到兄姐們的排擠。

　　富有的父親很快便續了弦，繼室是比他小了十四歲的中法混血美女——琴（Jeanne譯音）。琴彷彿是所謂「蛇蠍美人」的化身，對原配所生的子女不僅無半點愛心，更時時挑撥離間，教他們彼此勾心鬥角，稍有不順意，打罵鞭苔實是家常便飯，而她對年紀最幼、最不邀寵的君玲，更似乎充滿了無可名狀的敵意，偏偏父親不知是出於懼內、過於忙碌，抑或是因為對新婚夫人的愛護過甚，他對琴的專橫既視若無睹，琴所施加於君玲等一衆子女身、心上的殘暴也即與日俱增。

　　在小君玲寂寞的童年裡，唯一曾對她付出關懷及疼惜的人，是她獨身未嫁的小姑——芭芭（Baba譯音）。但是隨著國共內戰一日日吃緊，君玲與芭芭終於也被拆散，琴把君玲送進了寄宿學校，然後在一九四九年，整個大陸赤化前夕，全家搬往香港，卻將芭芭留在上海，且對君玲的生死絲毫不聞不問。

　　此後，君玲可以說是憑著自己的雙手造就了自己的命運，以優異的學業成績留英學醫，隨後移民美國加州專攻麻醉學，不僅成為所服務醫院的麻醉科主任，也在當地建立了首屈一指的診所，而在提早退休之後，與感情彌篤的丈夫定居倫敦。但無可奈何的是，君玲心中畢竟仍深深渴望著家人，尤其是雙親對她的接納！可惜嚴父死時，君玲沒有機會讀到父親的遺囑，而繼母在撒手人寰之前，雖然受到了君玲無微不至的照料，但在遺言裡竟依舊還是把她完全摒棄於外。只有當她終於找到了被琴所藏匿的父親遺囑，知道父親儘管沒有留給她任何遺產，到底未曾忘記過她，始終還是視她這位親生女兒為家庭的一份

子時，君玲感傷地發出了「落葉歸根」的浩嘆……。

　　嚴君玲的一生是個尋愛的過程，她是被剝奪了親情溫暖的心靈受害者。至於她留在上海的小姑姑芭芭呢？來自巨室豪門的處子，文化大革命對她將是何等慘烈的折磨，簡直令人不堪細想。芭芭是歷史的受害者（請參閱〈中國女性生命史書潮〉一文）。

最詼諧的探險家

聖誕節將近，又是各種名人傳記紛紛趁「熱」問世的時節！

一九九八年冬天的傳記書潮裡，英國傳記家強納森・馬哥利斯（Jonathan Margolis）所著的《麥可・培林傳》（*Michael Palin: A Biography*），可說是其中最受到廣泛矚目的一部，除了因為作傳的對象——麥可・培林，是不列顛家喻戶曉的傑出演員、諧星、作者、探險家及電視節目主持人之外，也是因為馬哥利斯在撰寫本書時，並未直接訪問培林本人，而使得本書成為一本頗為特異的在世者傳的緣故。

正如作者在自序裡所指出的：「我必須要感謝麥可・培林，他很慷慨地靠邊站，讓我無所顧忌地在他截至目前為止的生活歷程中東撿西尋。」一本未曾與記述對象傾心交談的傳記，缺點或許是缺乏一種親密感與隱私性，但優點卻也正是因為拋棄了被傳者主觀意識的包袱，於是作傳人可以更加自由地選擇事件與題裁，並從較為客觀的角度，就寫傳對象的生命加以詮釋。不過當然這樣

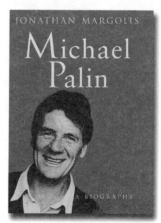

《麥可・培林傳》書影；Jane Bown攝影，Orion出版集團提供。

一來，作傳人本身研究與寫作的功力是否深厚，便成了該書成敗的唯一關鍵。

馬哥利斯是為當今英國喜劇演員作傳的能手，在《麥》書之前，還曾出版過有關約翰‧克利斯（John Cleese）、比利‧康納利（Billy Connolly）、列尼‧亨利（Lenny Henry）與伯納‧曼寧（Bernard Manning）等人的傳記作品。其中，約翰‧克利斯與麥可‧培林是多年至交兼合作夥伴，除了在六〇年代末至七〇年代初期間，組成了風靡全歐的喜劇團體蒙帝‧派森（Monty Python），創作了《飛天馬劇團》（*Flying Circus*）、《布萊恩的一生》（*The Life of Brian*）等至今依然膾炙人口的絕妙作品外，一九八八年時也曾雙雙進軍好萊塢，在《笨賊一籮筐》（*A Fish Called Wanda*）一片中，以不同凡響的清新幽默震動了全球影壇！因此馬哥利斯雖然未曾直接與培林接觸，但他對培林卻顯然是毫不陌生的。

年逾五十五歲的培林，不僅是不列顛本土，也是全世界最多元、多面的好演員之一，他「超現實」的幽默感，往往不是因為機智的對白才引人發笑，而是流露在他獨特而又平常的一舉手、一投足之間。同時隨著年齡的增長，培林的個人魅力之所以與日俱增，也在於他所保有對人世的熱愛，以及一顆赤子般的童心，使他不像遙不可及的巨星，反而更像人人都渴望能夠結交的好友，因此自從他應英國廣播協會（簡稱BBC）之邀，開始製作《環遊世界八十天》（*Around the World in Eighty Days*）的系列以來，他很快獲得了「最詼諧探險家」的雅號，將電視旅遊節目帶進了一個探索式的、人性化的、深度化的

嶄新紀元，難怪繼之而來的《南極到北極》（*Pole to Pole*）、以及《太平洋一圈》（*Full Circle*）等，他的相關旅遊作品都已成了英語文壇最暢銷的熱門遊記。

　　馬哥利斯的培林傳裡，主要描寫重點其實在於培林的童年點滴與學生時代，因為培林的許多藝術靈感都是來自早年的切身體驗。本書與其說是「傳記」，倒不如說是成功的新聞寫作與人物報導，對於不熟悉培林的讀者而言，馬氏提供了極佳的入門介紹；至於對培林迷們來說，作者在培林童年生活與藝術生涯的聯結上，則提供了值得參考的有趣註腳。

冷戰英雄

　　如果第三次世界大戰在十年前爆發了，今天的社會將是怎樣一個面貌？是國際金融的極度惡化？東西陣營對峙局面的擴大與延長？你、我等渺小個體，乃至某些國家或政權的不復存在？抑或是人類文明的徹底摧毀？……

　　當然，這一切純屬虛設，第三次世界大戰並未發生。但是你可知道，八〇年代雷根總統主政時期，冷戰的溫度節節升高，根本已經到了劍拔弩張的危險當口？所以前述種種夢魘的實現與否，事實上，相差僅在一線之隔、懸於一念之間而已。——幸運的是，不必要的浩劫總算被及時扼止了！兩大超級強國與國際社會間的微妙運作，複雜程度難以盡述，然其中最重要的關鍵人物之一，前蘇聯集團秘密組織KGB上校歐力‧高迪耶夫斯基（Oleg Gordievsky），對今日政治局勢的發展，直是功不可沒。

　　高迪耶夫斯基原是位忠誠的共產黨員，於六〇年代文化大革命在中國如火如荼推動之際，加入了KGB情治系統受訓，因表現優異，官階步步高昇，隨後奉派前往哥本哈根與倫敦，以網羅歐洲政壇左翼份子為社會主義效勞為其主要任務。不過隨著歐力在KGB內的地位日益穩固，漸漸的，他卻從愈來愈多的機密檔案中發現，自己素來所深信、效忠的獨裁政府，竟極其醜惡地殘害了無數無辜者的身家性

命！於是經過一番痛苦的天人交戰，他知道自己再也無法認同共產政權，終於在七〇年代毅然投身英國情報單位MI6，轉而為西方陣營從事反間諜的工作。

在高迪耶夫斯基長達十一年的反間生涯裡，對於自由世界有兩項最重要的貢獻：第一，中止了蘇聯預備先發制人的秘密計畫；第二，促成了東、西雙方共識的建立。八〇年代前、中葉間，蘇共主戰派基於對各種情報的誤解與錯誤估計，誤將來自西方國家，尤其是雷根總統的言論抨擊視做具體威脅，而刻正瀕臨開砲以率先挑起戰火的邊緣。高迪耶夫斯基一獲得這項密報，立即警告英美政要，而自與雷根秘密會商後，美軍一方面火速採取應對布署，使蘇軍不敢輕舉妄動，一方面則雷根再也不曾說過一句挑釁蘇聯的話，使得緊張情勢逐漸緩和，戰爭消弭於無形，最後更導致雷根與戈巴契夫在日內瓦的首度高峰會議，以及稍後戈巴契夫訪英，與柴契爾夫人會晤。

在日內瓦、倫敦這兩個重量級的和平對話過程中，高迪耶夫斯基均扮演了活躍的角色，分別向三國領導人簡報東、西雙邊關係須如何改善、加強。換句話說，東歐鐵幕的鬆懈、蘇共集團的瓦解，乃至於冷戰時代的結束，一切未嘗不是肇因於戈氏和美、英政府間的起始親善，難怪鐵娘子內閣一位國防要員，曾以九〇年代初期世局的風起雲湧，推崇歐力·高迪耶夫斯基居功厥偉！不過歐力本人並不承認自己有資格如此邀功，在他一九九五年所出版的自傳《即將處決》（*Next Stop Execution*）書中，也無一般預期的誇大個人成就之處，相反的，全書親切流暢，暴露了KGB特務生涯當中，各種驚險、有趣，甚至

愚蠢、荒謬的面相！至於對自身工作的評價，歐力則很平實地坦承道：「在維繫各國均勢、使國際張力保持在差堪忍受的範圍內，我的情報工作小有貢獻。」

但是歐力的倒戈畢竟具有高度危險，尤其當他所洩漏的資訊愈見珍貴，蘇聯當局終於有了警覺，而在一九八五年時，透過KGB重金所收買的美國情報員安默斯（A. Ames），揭發了歐力反間諜的身分，旋即以迅雷不及掩耳的速度將之調回莫斯科軟禁，伺機予以判刑，從而促使歐力在MI6同袍的協助下，展開精彩的逃亡過程。歷來被安默斯出賣過的情報人員多達十二位，歐力・高迪耶夫斯基不僅是其中官階最高的一位，也是唯一僥倖逃得性命的一位。

自從在倫敦定居以來，長達九年的時間歐力從不以真面目示人，儘管英、美各地媒體把他看做英雄來崇拜，歐力總是利用假髮假鬚等道具掩飾真實身分，以躲避被暗殺的風險，直到美、英、蘇三方於一九九五年達成協議，葉爾欽釋放了歐力的妻女前往英倫與他團聚後，歐力才終於卸去偽裝。

由於特務人員工作的隱密性，一般讀者難辨真假，所以市面上許多的情報人員傳記，作者往往只不過是情報單位眾多的眼線之一，卻為了強化自身的重要性，而在內容上譁眾取寵以使吸引讀者。然《即將處決》一書卻並非這類灌水的假貨，正如當今情報學泰斗克里斯多夫・安得魯（Christopher Andrew）教授所說的：「高迪耶夫斯基的經歷比小說更精彩，因此毋須在書中添加做料。尤有甚者，許多人以為冷戰一結束，情報人員便再也無用武之地，殊不知在這個表面上風

平浪靜，背地裡暗潮洶湧的詭譎時刻，蒐集廣泛又精確的情報，比冷戰期間更爲殷切！《即將處決》難能可貴的，便是在此議題上提供讀者更深刻且敏銳的思考。」

　　您對國際關係、現代歷史，或者○○七等情報員故事感到興趣嗎？冷戰英雄高迪耶夫斯基的自傳，是值得推薦的佳作。

末代港督精彩登場

　　一九九七年夏天，英國白廳（Whitehall）簡直熱鬧得不可開交！
首先，威爾斯獨立國會是否應該成立的議題，其時剛進入白熱化的討
論；其次，北愛爾蘭的和平會議也在同時好容易才出現轉機，各相關
團體均同意放下武器坐上談判桌；此外，一個希冀使新政府作業更加
公開且透明化的法案，也開始進入研商的階段，使得行政系統內贊成
及反對的幕僚人員一片唇槍舌戰，刺激非凡！

　　然而就在那個多事的當口，資深
政治紀者強納森・丁伯比（Jonathan
Dimbleby）耗費五年光陰所撰寫的
《末代港督》（*The Last Governor*）一
書，也隨著七月一日香港主權移交塵
埃落定後隆重登場，連英國廣播協會
（BBC）亦以本書為架構，由丁伯比與
彭定康（Chris Patten）本人現身說
法，製播了五集同名電視紀錄片，既
對八○年代保守黨政府及中共政權於
香港回歸一事的協商，做了深入的探
討，也對彭定康五年港督生涯的起起

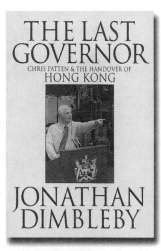

《末代港督》書影；cover by
Topham Picture Point，Little
Brown出版社提供。

落落有著生動的描繪，於是不僅在讀者與觀眾間引起了廣大的共鳴，丁、彭二人直言不諱的立場，更在英倫政壇上吹皺了一池春水。

當彭定康於一九九二年到港上任時，他有三大工作目標：(1)根據中、英雙方政府於一九八四年所簽署的協定，推動香港主權的順利轉移；(2)幫助港人做好九七之後的各項準備；(3)確保不列顛在最後一塊殖民地上光榮徹退。

眾所周知，彭定康在第一項目標上，可以說是失敗了！他所擬定，且經由香港民選立法局所修改通過的政改方案，早已被中國政府棄如敝屣，連民選立法局也在七月一日受到罷免，改由中央政府指派的立法會來接任。不過自從彭定康任職以來，他在香港當地、中國境內及不列顛本土，因堅持香江民主改革所掀起的政治風暴，激發了港人高度的政治意識，對於所謂「一國兩制」的實質內涵產生了具體的覺醒，於是當米字旗在總督府緩緩下降之日，彭定康因做為歷來第一位將港人意願納入各種外交對話的港督而受到熱烈的歡送，他的第二與第三項工作綱領，可以說算是圓滿達成了。

只是彭定康對於無法為香江民主化做出更大的貢獻，心痛之餘，對上屆保守黨政府的軟弱立場也提出了犀利的批判。正如他在離港前不久所坦承的，包括前任外相侯艾（Geoffrey Howe）及中國專家克拉杜克（Percy Cradock）在內的多位保守黨官員，因為一味擔心觸怒中共，不但在職期間錯過了早日推動香港民主化的先機，甚至連彭定康就任港督後，也不惜處處為政改掣肘，致使港人的政治利益蒙受損失，因此他在卸任之後，將會在國會中就有關問題提出嚴正的質詢，

以還歷史公道。

　　《末代港督》可以說是彭定康在採取正式行動前，以理性檢證做出的感性控訴，它為不列顛政界所帶來的深刻自省，還有彭定康的質詢所引發的政治風波，恐怕都是政治觀察家難以漠視的發展（請參閱〈還君明珠〉一文）。

翁山蘇姬的畫像

在《甘地映像》（*Reflections on Gandhi*）一書中，喬治・歐威爾（George Orwell）曾提出兩個質疑：第一，在被尊爲聖雄後，甘地可曾受到虛榮心任何程度的影響？第二，崇高的道德原則在政治上又會難以避免地做出怎樣的妥協？——這兩個問題，對於被稱做「緬甸甘地」的翁山蘇姬（Aung San Suu Kyi）來說，自然也是無法迴避的挑戰。

自從獲得一九九一年的諾貝爾和平獎，並在一九九五年於長達六年的軟禁獲釋之後，不列顛書市對畢業於牛津大學的翁山蘇姬開始產生了與有榮焉的強烈認同感，於是幾年下來，有關這位緬甸奇女子的著作實已多得不可勝數！不過企鵝出版社（Penguin）一九九七年間推出的一部新書——亞倫・克萊蒙（Alan Clements）所寫《希望之聲》（*The Voice of Hope*），以及翁山蘇姬親筆所作《來自緬甸的書信》（*Letters from Burma*），可說是這片翁山蘇姬的出版土壤上，再次滋養出的兩顆豐碩果實。

從與克萊蒙的談話紀錄中，以及她自己所撰述的優美論文裡，讀者很容易便可體會出，爲何這位美麗纖弱的窈窕淑女會被尊爲緬甸之母，她固守原則的堅強、悲天憫人的胸懷，乃至循循善誘的耐心，在在令人動容。雖然當克萊蒙問她，她是不是一位女菩薩時，翁山蘇姬

簡潔斷然地回答道：「別傻了！我怎麼可能到得了那樣的境界？」但在她自我解釋的文字裡，她的人生哲學與使用典故，卻顯然都是來自佛教的信仰。換句話說，翁山蘇姬或許並不真是一位女菩薩，然而在身體力行佛家思想時，她擁有的無疑是一顆菩薩心腸吧！

不過，宗教哲學的抽象通念是否足以運用在殘酷的政治鬥場上，畢竟是個令人懷疑的問題，因此克萊蒙對於翁山蘇姬所領導「國家民主聯盟」（National League for Democracy，簡稱NLD）終極的政治主張，提出了許多尖銳的質疑，且其主題多半都是環繞在「如果有朝一日NLD終於達成執政的目的，它將如何阻止目前受盡壓迫的平民據此進行報復」的假設上頭，而這又何嘗只是杞人憂天的焦慮而已呢？

從近來國際社會的發展上，已有太多令人痛心的例子：俄羅斯與非洲諸邦的經驗，證明了專制政權突然垮台之後，取而代之的，並不一定便是反對黨所提出新秩序的建立，反倒可能是受到解放的暴力，以及貪婪之心的無法橫行，導致由從前國家機器的腐敗，轉變成全民腐敗的局面；又如捷克斯拉夫的革命成功後，原先領導反對勢力的精神領袖竟受到政治野心家的排擠，再次受到新政權的放逐。──難怪在翻閱《希》書與《來》書之餘，讀者不禁也要跟著克萊蒙一起產生深度關懷的焦慮了！

對於上述悲劇是否可能發生在NLD身上的疑問，翁山蘇姬本人並沒有任何解答；事實上，她自己也分享了同樣不確定的態度。正如在訪談錄與書信集所一再強調的，翁山相信民主並非一個能夠達成的「絕對目標」，而是一種奮勉朝前趨近的「理想」，因此她相信與NLD

的工作夥伴之能全力以赴者，只是盡力改善「此時此地」的困境而已，至於未來將會如何演變，翁山無法保證，唯有鞠躬盡瘁，死而後已。

　　現代緬甸的痛苦掙扎，由於軍事政權的封鎖，世人僅能透過有關翁山蘇姬的點點滴滴加以臆測，而從「緬甸甘地」所散發出的聖潔光輝裡，我們對於人性的善良終於再度產生了些許信心，對於緬甸人民追求自由的努力，也寄予了無限的同情與敬意。

少女情懷總是詩

如果您覺得生活枯燥、生命乏味，或者您找不到可以傾心交談的對象，訴說青春期身心蛻變的苦惱和喜悅，又或者您遺忘了年輕時曾有過的心情及夢想，再或者您以爲單調的日子裡沒有可歌可泣的篇章，那麼請讀《安・富蘭克：一位少女的日記》（*Anne Frank: The Diary of a Young Girl. The Definitive Edition*），相信您將會獲得全新的啓示。

我一向不是所謂「戰爭文學」的擁抱者，雖然邇來以戰爭爲背景的文學作品，在英美文學圈又開始大行其道，例如分別獲得一九八二年與一九九二年不列顛創作小說界「布克獎」殊榮的兩部傑作，亦即湯瑪斯・肯尼利的《辛德勒方舟》，以及麥可・安大吉（Michael Ondaatje）所寫的《英倫情人》，都在近年間被好萊塢改編搬上大銀幕（前者易名爲《辛德勒的名單》），不但備受觀衆歡迎，也囊括無數奧斯卡大獎，於是以「一次大戰三部曲」結尾力作《鬼之路》摘下一九九五年「布克獎」桂冠的女作家芭特・巴克，其「三部曲」的序曲《再生》一書，也成了好萊塢的重頭戲碼！無可諱言的是，儘管這些作品都曾爲我帶來很深的感動，但是被書中所描繪的戰爭陰影壓得喘不過氣來，掩卷嘆息之餘，有關戰事的文字泰半仍不會是我在閱讀書單上的優先考慮。

　　然而《安·富蘭克》所開闢的，卻是這塊文學土壤上的一片嶄新天地，從一個單純、平凡、個人化，乃至趣味性的角度詮釋了戰爭的意義。作者活潑流暢的筆觸，使人一頭便栽進了她純真豐富的內心世界，不知東方之既白；至於她對週遭環境與人物敏銳又細膩的觀察，對自我身心變化的坦誠剖析，對呆板作息、乏味對話幽默且生動的刻劃，以及對生命無盡的熱愛，更為讀者打開了一扇心窗，足以藉此對人性、對生活、對成長過程、對醜陋的戰爭，進行極其貼近的反省與透視。

　　嚴格說來，《安》書並不能算是一本「新」書，因為整本日記是安·富蘭克從一九四二年六月十二日，當她剛滿十三歲時開始記載

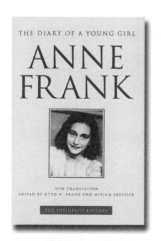

《安·富蘭克》書影；cover by Anne Frank-Fonds，Basle Penguin出版社提供。

的，內容一直記到一九四四年八月一日，她被納粹捕獲前幾天為止，不過英語系的廣大讀者群卻是直到一九九七年春天，當這部被明訂為「確定版」的最後英譯本在英倫問世之後，才得以一窺猶太少女安的日記全貌（註）。

　　安出身於荷蘭中產階級之家，雖然二次大戰期間，荷蘭在德軍的占領下，猶太人的身分地位一天壞似一天，安與父母、姐姐仍在阿姆斯特丹過著平靜安詳的日子，直到一九四二年中葉以降，猶太人開始被大批遣送到集中營，於是

為了躲避納粹的追捕，富蘭克一家只好過起藏匿的生涯來。在公司老闆的協助下，富氏一家四口偷偷住進了安父工作處的倉庫裡，隨後又有四名猶太友人（包括一家三口及一位牙醫師），也先後躲進了這個「世外桃源」，而安在十三歲生日時所收到的日記簿，則成為她在兩年不見天日的生活裡，心靈最大的寄託。

逃亡的經過從小女孩的筆下寫出來，簡直真實到了荒謬的地步，及今讀之，固然教人為她感到步步危機，卻又忍俊不住！同時也便是因為這樣的如詩情懷及行雲流水般的文字敘述，這些落難者們再也不只是模糊的受苦群像，而是鮮活得可以躍然紙上，彷彿我們的鄰居、朋友般，是那麼似曾相識。他們的喜怒哀樂、口角爭執，為了瑣碎小事的斤斤計較，慘精竭慮在狹小空間與貧乏物資裡對生活的經營，以及努力抱持對未來的樂觀期待，無一不熟悉得令人心悸！也因此當我們在後記中，發現這八名躲藏者終究逃不過妻離子散的惡果，除了安父劫後餘生，其餘七人（包括安自己在內）都慘死於集中營時，更要感到難以名狀的心痛了……。

命運本身或許便是最偉大的戲劇；而從安的心路歷程裡，冥冥中我們似乎也體會到，如果能夠保持著心靈的自由，那麼在日復一日的塵世間，又何嘗不能提煉出喜悅的詩篇與生活的智慧？

（註）

一九四四年的某一天，安在收音機上聽見荷蘭流亡政府於倫敦發出的廣播訊息，表示戰後將會蒐集、出版各種戰爭期間的日記、書信，做為荷

蘭於德軍占領下的歷史見證。

　　這個消息令安十分振奮，因此她開始回頭檢查、整理過去一年多來自己所寫的日記，刪去一些無意義的段落，補充某些記憶所及的細節，在某些段落下加註，並且改善文筆，於是史家後來把安的原日記稱做A版，她自己編輯後的日記稱做B版。一九四七年時，安的父親奧圖（Otto），從A版與B版日記中又刪去了有關安對成長的探索，以及她對其他七人的負面評價，擇要出版，命名為《一位少女的日記》，這個奧圖刪節版則又稱做C版。

　　過去數十年間，史家對安的三版日記進行了許多研究、查證、追蹤、翻譯的工作，目前這個「確定版」主要是根據B版而來，比C版多出了三成以上的內容，使讀者能夠更接近安的內心世界。書中並提供了重要的背景資料及不少珍貴照片。

英倫書房   WISE系列 1

作　　者／蔡明燁
出 版 者／生智文化事業有限公司
發 行 人／林新倫
執行編輯／胡琡珮
美術編輯／周淑惠
登 記 證／局版北市業字第677號
地　　址／台北市新生南路三段88號5樓之6
電　　話／(02)2366-0309　2366-0313
傳　　眞／(02)2366-0310
E‐mail／tn605547@ms6.tisnet.net.tw
網　　址／http://www.ycrc.com.tw
郵政劃撥／1453497-6
戶　　名／揚智文化事業股份有限公司
印　　刷／科樂印刷事業股份有限公司
法律顧問／北辰著作權事務所　蕭雄淋律師
Ｉ Ｓ Ｂ Ｎ／957-818-264-3
初版一刷／2001年6月
定　　價／新臺幣220元

總 經 銷／揚智文化事業股份有限公司
地　　址／台北市新生南路三段88號5樓之6
電　　話／(02)2366-0309　2366-0313
傳　　眞／(02)2366-0310

國家圖書館出版品預行編目資料

英倫書房／蔡明燁著. - -初版. - -臺北市：
生智，2001〔民90〕
面；　公分. - -（WISE系列；1）

ISBN　957-818-264-3（平裝）

1. 英國文學 - 作品評論

873.2　　　　　　　　　　90003298